KB095918

김민수·안진우
|준민·황민서
|은서·위수민
|유찬·정유진
∟예원·가나영
∟우림·양지원
|재원·이영하
|태현·죠해솔
∟수진·임승혁
∟재연·이휘원
황지우

특별기고 - 오룡

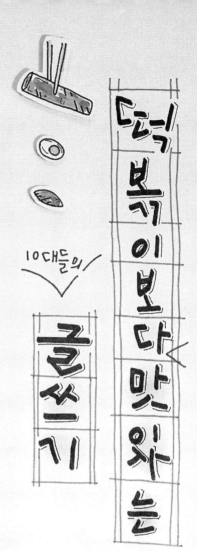

10대들의

떡볶이보다 맛있는 글쓰기

정해져 있지 않은 생각으로 책을 읽고, 글을 쓴다

책을 읽으면 위로 받는다.

기분이 좋아져 세로토닌에 중독되면 더할 나위 없이 기쁘다.

생각을 정해놓고 읽지 않는다.

책을 읽으면서 사고(事故)를 치고 싶으면 또 다른 사고(思考)를 더한다.

그냥 잡통으로 읽는다. 모양 있게 표현하면 통합적 사고를 지향한다.

논문이 아닌 잡문을 선호한다. 결국 스스로를 채우기 위해서는 필사적이어야 한다.

모난 돌이 정을 맞는 사회가 아닌, 모난 돌이 많아져야만 세상은 변화한다는 것.

아이들의 글발이 책 좀 읽는 아이들답다.

뿌듯하고 예쁘다.

첨 ; 글을 써 준, 오룡이 자랑하는 독서 친구들이며, 제자들이기도 한 스무 명의 어린 작가, 책이 나오기까지 표지 디자인과 손글씨를 써 준 캘리그라퍼 윤병은 님, 코로나19로 인해 출간이 늦어짐에도 끝까지 함께 해 주신 북앤스토리 김종경 대표님, 추천사를 예쁘게 써 준 <아테네>의 저자인 최혜지 작가님께도 고마음의 인사를 오룡이 전합니다. 책이 나오기까지 함께한 모든분들에게 고마움의 인사를 오룡이 씁니다.

Contents
차례

02 PROLOGUE

6   김민수 ··· 역사 속에 숨은 과학
18   안진우 ··· 일곱 마리 생쥐의 보물
28   이준민 ··· 별
35   황민서 ··· 집에서 꾸는 꿈
52   이은서 ··· 아프다 그리고 슬프다
57   위수민 ··· 〈무진기행〉은 현실 도피였다
63   이유찬 ··· 스마트폰에게 잡혀 산다
70   정유진 ··· 여행, 가족의 재 발견
81   안예원&가나영 ··· 간식을 먹는 돼지
96   조우림 ··· 우림이가 느꼈던 생생한 인도
108   양지원 ··· 지하철에서 보내는 20분의 기회비용
129   이재원 ··· 이제 아파하지 마세요
134   이영하 ··· 전학생을 돕다
142   김태현 ··· 행복하다고 말해요
148   조해솔 ··· 제 인생에 답이 없어요?
156   강수진 ··· 생각을 마음껏 펼쳐보세요
163   임승혁 ··· 〈삼포 가는 길〉에는 눈이 내릴까
169   주재연 ··· 공부를 왜 하는가?
177   이휘원 ··· 불일치 한 의식혁명, 〈콜라 독립을 넘어서〉
185   황지우 ··· 느림의 미학
192   오 룡 ··· 고구려의 성벽은 견고해서 무서웠고,
             담백해서 외로웠다

김민수(수내초 4)

첨 ; 선한 눈망울로 45인승 대형 버스 맨 앞좌석에 앉아서 물끄러미 본다. 순간순간 엷은 미소를 보이는 아이의 천진스러운 모습에서 시원한 풍경이 스친다, 우리는 지금 경주로 간다. 민수는 그런 아이다. 보이는 것, 그 이상으로 깊은 아이.

역사 속에 숨은 과학

　나는 머리에 불이 날듯이 덥고 햇볕이 쨍쨍한 8월에 경주로 답사를 갔다. 경주에 세 번째 가보는 것이었다. 두 번의 여행은 아무것도 모른 채 가서 그냥 무엇이 무엇 인지만 알고 왔는데 이번엔 여행 전에 역사 공부도 좀 하고 역사책도 읽고 간 덕분에 유적과 유물들이 더 친근하게 느껴졌다.

　경주는 1000년의 역사를 이어 온 신라의 수도이다. 그만큼 역사 유적지와 문화재가 많았다. 경주에는 무덤 중에도 특히 왕릉이 많았다. 신라는 불교를 장려했기 때문에 감은사 지 석탑, 황룡사 터, 분황

사 지 석탑 등의 불교 유적들도 많이 볼 수 있었다. 그러나 뭐니 뭐니 해도 천체 관측기구인 첨성대는 가장 먼저 떠오르는 경주의 문화재이다.

첨성대는 국보 제31호이고, 높이는 9.5m이며, 선덕 여왕 때 축조되었다. 첨성대의 기능은 아직 정확하게 밝혀지지 않았다. 하지만 가장 대표적인 추측 두 가지는 왕권의 상징과 천문대의 용도로 쓰였을 거라는 것이다. 천문대의 용도로 쓰였을 거라는 가장 큰 증거는 그 이름을 보면 알 수가 있다. 瞻(볼 첨) 星(별 성) 臺(대 대) 이름 그대로 별을 관측하는 시설이었을 것이다.

그렇다면 옛날 사람들은 별을 관측하는 것을 왜 중요하게 여겼을까?

첫 번째 이유는 농사 때문이다. 농경 사회인 우리나라에서는 백성들이 굶지 않기 위해서는 한해 한 해의 농사가 가장 중요했다. 그러기 위해서는 해, 달과 별의 움직임을 관찰해서 농사지을 시기를 정하는 것이 제일 중요했다. 요즘도 농사지을 때 날씨가 중요하긴 하지만 천문학이 덜 발달된 예전에는 더 신경을 써야 했을 것이다. 별을 잘 관측하여 올바른 예측으로 농사를 잘 짓도록 도와준다면 곳간이 가득 찰 테지만, 만약 틀린 예측을 내린다면 백성들과 왕의 원성을 사서 대가를 치르거나 자리에서 물러나야 했을 것이다. 그만큼 그 시대의 별자리 관측은 백성들의 삶과 권력자들의 운명을 결정할 수도 있는 중요한 일이었다. 그리고 배불리 먹을 수 있도록 농사에 힘이 되어준 왕은 백성들의 사랑과 칭송을 한 몸에 받았을 것이다.

첨성대가 지어진 시기는 선덕 여왕이 재위하던 647년이다. 이것은 지금으로부터 약 1400년 전의 일이다. 첨성대는 동양에서 가장 오래되었고 유일한 석조 천문 관측대이다. 이처럼 뛰어난 신라인들의 건축 기술 속에는 수학적, 과학적 비밀이 숨겨져 있었다. 첨성대와 석빙고의 건축 방식을 통해 그 비밀을 찾아보자.

첨성대는 비록 그리 크진 않지만 왠지 웅장하게 느껴졌다. 환경오염이 덜 됐던 그 시대에는 하늘이 깨끗하고 방해할 만한 빛도 없어서 굳이 산 위로 올라가지 않아도 별이 선명하게 많이 보였을 것이다. 그리고 지금 보기엔 첨성대가 작아 보일지 모르나 모든 집들이 단층이었던 그때엔 첨성대가 꽤 높았을 것이다. 요즘엔 별을 보는 게 힘든 일이어서, 여행을 가서 북극성을 따라 수없이 반짝이던 은하수를 봤던 기억은 너무 아름답고 신기해서 아직도 눈앞에 선하다. 아마 첨성대에서 바라보는 하늘도 그러했을 것이다. 최근 몇 년 동안 경주에서 비교적 센 지진이 일어났지만 꿋꿋하게 버틴 첨성대를 보며 놀라웠고, 그 이유가 궁금했다. 1400년 후의 지진에도 견딜 수 있는 내진 설계까지 생각한 조상들이 존경스럽다.

첨성대의 재료는 강화 마니산 참성단처럼 화강암으로 만들어졌고, 돌의 모양은 직선과 곡선으로 이루어졌다. 화강암을 이용한 이유는 주변에서 흔히 볼 수 있고 단단하기 때문이다. 또 첨성대의 돌 모양을 통해 신라인의 생각을 엿볼 수 있었다. 그것은 '하늘은 둥글고 땅은 네모지다' 라는 천원지방 사상이다. 첨성대에서 천원지방 사상을 찾아볼 수 있는 곳, 기단은 땅의 모양처럼 네모나고 기둥은 하늘처럼 둥근 모습이었다. 첨성대에는 수학적 비밀도 숨겨 있었다.

맨 아래 기단부터 맨 위 정자석 까지는 29단으로 음력의 한 달을 나타내고, 기단과 정자 석을 뺀 기둥은 27대 왕인 선덕여왕을 나타낸다. 창을 중심으로 위와 아래는 12단씩, 즉 1년이 12개월임을 뜻하고 두 부분의 합은 24단으로 24절기를 의미한다. 총 362개의 돌은 1년을 뜻하고, 정자석 8개, 비녀석 8개가 있다. 돌 하나하나의 개수에까지 모든 의미를 담았다니, 첨성대는 설계부터가 완벽했던 것이다. 그런데 문도 없었는데 옛날에는 어떻게 내부로 들어갔을까?

창 아래쪽 창틀에 사다리를 올려놓은 자국이 있는 것으로 보아 창틀에 사다리를 걸쳐 놓고 올라간 것으로 추측한다. 내부로 들어가면 아래 12단 까지는 흙으로 채워져 있고, 2개의 장대석이 더 있어 그곳에 사다리를 걸쳐놓은 뒤 다시 올라간 것으로 추측된다. 아마 망원경 비슷한 기구로 천체를 관측하거나 혼천의를 올려놓았을 것 같다. 맑고 깨끗한 어둠 속에서 아름다운 별자리들을 그리며 반짝였을 그때의 그 별들을 보고 싶다. 아주 조금 기울긴 했지만.

첨성대는 민수를 춤추게 한다.

"첨성대야, 경주와 우리나라를 빛내줘서 고마워! 앞으로도 계속 끈기 있게 잘 버텨줘!!"

첨성대에서 **계림**과 **월성** 발굴 현장을 지나가면 언덕 아래쪽에 경주 석빙고가 보인다. 앞까지 가보니 내부를 볼 수는 있지만 석빙고 보호 때문에 들어가지는 못하도록 되어 있었다. 가까이 다가서니 냉기가 바깥까지 느껴졌고 안으로 팔을 뻗어 부채질을 해보니 그 뜨거운 햇볕 아래 무더위가 싹 날아가는 것 같아 계속 그곳에 머물러 있고 싶었다. 아무런 동력 장치하나 없이, 내가 가장 힘들어하는 더위를 날려 보낼 수 있다는 신기함에 석빙고에 숨어 있는 과학적인 원리를 알아보기로 했다.

석빙고는 겨울에 채취한 얼음을 다음 해 여름까지 보관하는 시설이었다. 우리나라에는 현풍 석빙고, 경주 석빙고, 안동 석빙고, 창녕 석빙고 4가지가 있다. 북한에도 혜주 석빙고가 있지만 형태가 잘 보존되지 않은 것으로 알려진다. 넷 중에서 기능을 잘 보존한 것은 현풍 석빙고와 경주 석빙고이다. 이 둘의 공통점은 구릉 사면으로 둘러싸여 있어 찬바람이 하강, 머무르면서 들어오는 열기를 막아준다. 또한, 인공적으로 지은 석축이 있어 따뜻한 바람을 어느 정도 차단해준다. 석빙고는 홍예 구조로 설계되었다.

홍예 구조는 무덤, 석교 등에도 사용된 아치형 건축구조로써 견고성을 유지하고 내부의 용적을 극대화하는 특징을 지녔다. 내부 바닥은 갈수록 기울어져 있으며 그 끝에는 배수로가 있다. 물이 고여 얼음을 빨리 녹이는 것을 막기 위해 배수 장치를 만든 것이다. 안쪽은 5개의 아치 모양의 홍예를 만든 뒤 그것들을 5개의 일자 모양의 장대석으로 연결한 모습이다. 위쪽에는 환기구가 3개 있다. 이들에는 습기와 이슬을 막기 위해 조각한 돌로 막아 놓았는데 이점은 경주 석빙고만의 독특한 점이다. 환기구는 입구와 떨어지게 북쪽에 설치하였다.

얼음을 빨리 녹지 않게 하기 위해서 화강암을 사용하였고 돌 사이사이에는 뜨거운 공기를 빼내기 위해 환기구 주변에 움푹 들어간 에어 포켓을 만들고 지붕 쪽은 단열재인 톱밥, 밀짚 등을 쌓았다. 이와 더불어 석빙고는 입구까지 좁아 드나드는 공기의 양을 최소화시켰다. 그 위에 다시 흙을 덮고 잔디를 심어 태양열의 복사를 막았다.

석빙고의 구조를 살펴보니 열의 전도, 대류, 복사의 세 가지 열전달 방법을 빠짐없이 막을 수 있다는 게 놀라웠다. 예전에 얼음을 그렇게 오래, 한여름을 지나 가을까지 오래도록 보관할 수 있도록 건축되었다니, 아직까지 제대로 과학이 발전하지 않았던 그 시대, 석빙고속 과학적 원리와 신라인들의 지혜가 정말 대단하다. 이 원리를 생활속에 이용하면 열 손실을 막아 에너지를 절약할 수 있을 것이다. 이를 식품 저장고, 정밀기계공장 등에 이용하면 좋을 것이다.

실제로 지금은 관광지로 개발되었지만 광명 동굴의 새우젓 저장고는 오랫동안 식품 저장고의 역할을 해왔었다. 이 광명동굴은 여름에는 입구부터 시원할 정도의 냉기를 가지고 있고 더위를 식히기에 아주 제격인 곳이다. 그래서 내가 좋아하는 곳이기도 하다. 또 건축물을 지을 때 단열재로 스티로폼, 에어로겔 같은 것을 제대로 사용하면 겨울철 난방을 줄일 수 있어 석유, 석탄의 고갈을 막을 수도 있다. 화석 에너지를 줄이면 온실가스의 배출을 줄여 지구 온난화와 미세먼지도 줄일 수 있을 것이다.

이렇게 경주의 역사에 숨은 과학을 살펴보았다.

이처럼 역사 속에서 과학은 돌과 짚, 나무로 불을 만들어 사용했던 구석기 시대부터 이미 시작되었다. 이 말은 곧 인류의 역사적 시작과 함께 과학도 시작되었다는 뜻이다. 과거의 석빙고가 현재의 과학 발전에 영향을 미친 것처럼 미래 과학의 발전에도 오늘날의 과학 기술과 조상들의 지혜가 함께 할 것이다. 오늘날 발명되고 있는 과학 기술은 미래에는 역사 속의 과학으로 남겨질 것이다. 그렇게 남겨질 과학을 위해 나는 오늘도 공부하고 생각하고 연구할 것이다.

우리는 지금도 끊임없이 연속되는 과학과 역사 속에 살고 있는 것이다

못다 쓴 난중일기

때는 1598년. 6년이나 이어지고 있는 임진왜란으로 지금 우리나라의 상태는 불 안정적이다. 백성들이 굶주리며 피난을 가고, 군사들의 수가 확 줄어들고 있다. 백성들 중 적들에게 끌려가는 사람들도 점점 늘고 있다. 선조 임금님은 일본인들의 목표가 자신을 잡는 것이라는 사실을 깨닫고, 수도를 버린 채 의주로 몸을 피했다. 임금만 잡으면 된다고 생각하고 부산에서 한양까지 곧장 내달렸던 왜군들은 궁궐이 비어있는 황당한 상황에 당황하였다. 그러고 있는 동안 세자인 광해군은 선조 임금을 대신해 나라 곳곳을 돌아다니며 의병을 일으키고 있다.

나쁘게만 바라본다면 임금이 나라를 버리고 제 한 몸 살기 위해 도망한 것처럼 보일 수도 있지만 그렇게 하여 시간이 벌어진 덕에 왜군들에 맞설 수 있는 시간을 벌게 된 것은 사실이다. 그럼에도 바람처럼 빠르게 들이닥치는 일본군들을 막을 수 있는 방법은 도무지 생각이 나지 않고 우리 군사의 수는 말이 달리듯 빠르게 사라지니 조선의 앞길이 막막하다.

아군들은 구식 무기인 활, 검, 신기전, 화포를 주로 사용하지만 왜군들은 장전 속도가 빠르고 명중률이 높은 신식 무기인 조총을 사용하기 때문에 우리가 육지에서 싸울 때인 지금은 불리하다. 그 놈의 나는 새도 맞춰 떨어뜨린다는 조총 때문에 우리 아군들이 땅에 널

브러져 있다. 그것도 개미들처럼 빽빽이 말이다. 왜군들은 말을 타지 않고도 잘 싸운다. 게다가 왜군들은 모두 번쩍이는 갑옷으로 무장해 있지만 우리나라 군사들은 갑옷 하나 없이 무명을 겹쳐 입고 포졸 같은 옷차림을 하고 있다. 힘없는 백성들은 벌벌 떨며 도성 안에 숨어 있다.

하지만 우린 용기를 내 끝까지 싸울 마음으로 다음에 일어날 전투에 대비해 작전을 짜고 무기를 만들고 있다. 부산 앞바다로 내려가 가토를 막으라는 명을 어겼다 하여 내가 감옥에 갇혀 있는 동안, 선조 임금님의 명에 따라 원균 장군이 나가 싸운 탓에 약 60척의 배를 가지고 있던 우리 함대는 12척으로 변해버렸지만, 지금은 다시 30척 정도 더 만들었고, 방어 태세는 잘 유지되었으니 싸워서 이길 만하다. 신중함을 조금만 더 기울였다면 첩자 요시다의 정보가 함정임을 알았을 테고, 우리의 함대를 지켜 낼 수 있었을 텐데, 전쟁이 얼마나 신중해야 하는 것인지 원균과 임금님도 깊이 깨달았을 것이다.

오늘 새벽 3시에 드디어 또 전쟁이 일어났다. 일본군들이 저 멀리서 배를 타고 국경을 넘어서는 것을 보고 봉화 4개를 켰다. 적들이 우리나라 해안에 배를 안착시키고 육지로 올라왔을 때 군사들이 출발했고 나는 봉화 5개를 켰다. 그러고는 8명의 군관과 함께 노량진으로 향했다. 우리 군사들은 숲에 숨어 있다가 일본군이 지나갈 때, 나의 "공격하라!" 라고 외치는 신호와 함께 우르르 몰려가서 어리둥절해 하는 일본군을 양쪽에서 공격했다. 내가 "이번 전투는 우리가 승리했다!" 라고 말하자, 집에 있던 백성들이 나와서 우리를 환호해 주었다.

하지만 기쁨도 잠시, 우수사에게서 노량진에 일본군이 배 300척을 몰고 왔다는 소식이 전해졌다. 나는 백성들에게 "들키지 않게 잘 숨어 있으시오" 라고 한 뒤, 군사들과 함께 배 30척을 몰고 노량진으로 향했다. 비록 숫자적으로는 10:1의 비율이라는 엄청난 차이를 보였지만 나라를 지키려는 마음이 큰 우리 군사들은 이번 전투에서도 큰 승리를 거둔 뒤 일본을 물러나게 했다.

하지만 노량 해전이 계속되던 중간에 나는 일본군의 화살에 왼쪽 가슴을 맞아 전사하고야 말았다. 나의 죽음 때문에 병사들이 용기를 잃고 우왕좌왕하는 것을 막기 위해서 내 아들에게 "지금은 싸움이 급하다. 나의 죽음을 전쟁이 끝나기 전에 알리지 마라" 라고 마지막 말을 남긴 뒤, 그 자리에서 쓰러졌다. 끝까지 전쟁을 지휘하지 못하고 최후의 승리를 살아서 거두지 못함이 너무도 가슴 아프다. 그러나 나도 죽음을 피할 순 없었던 것이다. 하지만 군사들의 마음에는 영원히 내가 살아서 같이 싸우고 있으면 한다. 내가 죽어도 군사들은 용기 있게 잘 싸워서 승리했으며 앞으로도 그 마음을 영원히 간직하고 나라를 지켜주었으면 한다.

임진왜란이 끝나고 일본군이 후퇴했을 때 조선은 다시 잠잠해졌다. 백성들은 우리 군사들을 환영해 주었고 임금님 또한 상을 내리셨다. 군사들은 목숨을 걸고서 지킨 나라를 더 사랑하게 되었다. 그러나 길었던 전쟁은 많은 아픔을 남겼다. 백성들의 집은 불탔고 부모와 살 곳을 잃은 수많은 아이들은 길거리의 거지가 되었으며 먹고살아야 할 곡식도 땅도 모두가 황폐해져 버렸다. 또 얼마나 많은 백성이 바다 건너 다시 돌아오지 못할 곳으로 잡혀가고 말았던가.

내 개인적으로도 나 자신이 목숨을 잃기도 했지만 전쟁으로 인하여 내 어머님이 돌아가시는 순간도 지키지 못했음은 정말 큰 슬픔이었다. 전쟁터로 떠날 때에도 "부디 나라의 치욕을 크게 씻도록 하라" 시며 나의 안전보다는 나라를 크게 걱정하셨던 어머니인데 전쟁 중에 돌아가시고야 말았다. 또한 내가 목숨보다도 사랑한 나의 막내아들 이 면 또한 가족과 나라를 지키다가 목숨을 잃고야 말았다. 전쟁 중에 이 소식을 들었을 때 나는 정말 모든 걸 잃은 듯 슬펐다. 가족을 잃은 모든 백성들이 나와 다르지 않았을 것이다. 이 전쟁이 우리의 승리로 끝나긴 했으나 6년이라는 긴 전쟁은 승리와 패배에 관계없이 이토록 많은 아픔을 남기고야 말았다.

되돌아보면, 나는 우리가 신식 무기를 가지지 못했다는 점과 상대에 대한 정보를 제대로 가지지 못했던 점, 전쟁이 일어날 것에 대한 대비에 너무 약했던 점, 왜구의 침략을 많이 받아 피해를 크게 입었다는 점이 아쉬웠다. 전쟁 중에 일본으로 잡혀가고 끌려간 많은 백성들이 너무도 안타깝고 가족과 삶의 터전을 잃고 힘들어진 백성들을 보는 게 너무도 가슴이 아프다.

다음 전쟁에서는 신식 무기를 갖추고 미리 방비하여 제대로 된 승리를 거뒀으면 한다. 그리하여 우리 백성들이 다시는 전쟁으로 인한 아픔을 겪지 않기를 바란다. 나는 제대로 준비도 갖춰지지 않은 상태에서 길었던 6년의 전쟁 동안 목숨을 아끼지 않고 조국을 위해 열심히 싸운 병사들을 자랑스럽게 생각한다. 목숨을 아끼지 않고 싸웠던 것을 되돌아보니 나 자신도 뿌듯하다. 나를 믿고 잘 따라준 아군들과 우리가 함께 펼쳤던 작전도 만족스러웠다.

평화롭게 잘 지내고 있을 때도 언제나 우리의 것을 빼앗기 위해 기회를 노리던 왜구는 특히 우리나라 안에서 우리끼리 뜻을 모으지 못하고 서로 자기주장을 내세우며 혼란스러울 때마다 우리를 침략하려고 호시탐탐 기회를 엿보고 노략질을 해댔다. 그러니 나라를 잘 지키려면 애국심을 가지고 각자의 욕심을 채우려고만 하지 말고, 나의 목소리만을 내려고 하지 말고 함께 머리를 맞대고 서로의 생각을 모아 더 큰 힘으로 발전시켜야 한다.

그러니, 항상 국력을 튼튼히 하고, 틈만 노리고 있는 일본에 당당하게 맞서 다시는 우리나라를 노리는 일이 없게 만들어야 할 것이다. 많은 백성들이 피를 흘리고 사랑하는 가족을 잃고 목숨과 재산, 삶의 터전까지 잃어가며 지켜낸 이 나라를 다시는 왜구가 마음대로 짓밟을 수 없도록 다들 잘 지켜야 할 것이다.

나의 후손들도 이렇게 조국을 위해 노력을 했으면 좋겠다.

안진우(성서초 4)

첨 ; 눈이 깊다. 해맑은 웃음은 딱 열 살 소년이다.
세월을 지우려는 듯, 햇빛 아래 시간을 파고들 듯,
책장을 넘긴다. 소리가 울린다. 투명한 봄 볕 아래
나직이 들려온다. 그 아래로 책 읽는 소리가 풍금
소리처럼 지나간다. 참 좋다. 너란 아이.

일곱 마리 생쥐의 보물

옛날에 일곱 마리 생쥐가 보물을 지키며 살고 있었습니다. 그 보
물은 동네 아저씨가 떨어뜨린 다이아몬드였습니다. 이일은 아직 아무
도 몰랐습니다.

어느 날, 생쥐들이 배가 고파 치즈를 먹고 싶어졌습니다.

"내가 구해올게." 첫째 빨간 쥐가 말했습니다. 그리고 빨간 쥐가
치즈를 구하러 쥐구멍 밖으로 나갔습니다. 빨간 쥐가 치즈를 가지고
돌아가려는 그때, 고양이가 빨간 쥐 앞에 섰습니다. 깜짝 놀란 빨간
쥐는 치즈를 떨어뜨렸습니다. 그 순간 고양이는 꿀꺽! 빨간 쥐를 삼

켜버렸습니다.

생쥐들은 빨간 쥐가 왜 안 오는지 궁금했습니다. 그래서 다섯 생쥐들이 다 같이 빨간 쥐를 찾으러 가기로 했습니다. 막내 보라 쥐만 빼고요. 왜냐고요? 보라 쥐는 다이아몬드를 지켜야 되기 때문입니다. 다섯 생쥐들이 빨간 생쥐를 찾아 나간 순간 고양이가 쥐들을 잡아먹으려고 기다리고 있었습니다. 덥석! 고양이가 다섯 생쥐들을 한입에 다 꿀꺽 삼켜버렸습니다.

다이아몬드를 지키고 있었던 보라쥐는 형들이 궁금해서 쥐구멍 밖을 가보고 싶었지만 다이아몬드를 지켜야 했기 때문에 참았습니다. 고양이는 한 마리 남은 보라쥐를 잡아먹으려고 쥐구멍 앞에서 기다리고 기다리다 지쳐 집으로 돌아갔습니다.

도둑 산타 할아버지와 선물

드디어 크리스마스가 다가왔습니다. 민우는 너무 떨렸습니다. 민우는 선물을 받을 수 있을까 생각했습니다. 민우는 학교와 학원을 다녀와서 씻고 침대에 누웠습니다. 눈을 스르르 감자 선물 생각이 났습니다. 그러자 민우의 얼굴에는 웃음꽃이 피었습니다. 민우가 받고 싶은 선물은 시계입니다.

민우가 잠들고 1시간쯤 후에 루돌프의 울음소리가 들렸습니다. 잠시 뒤, 산타 할아버지가 민우의 집에 들어왔습니다. 그리고 선물 보따리에서 민우의 선물을 찾아 크리스마스트리 앞에 놓았습니다. 그리고 주머니에서 편지를 꺼내어 선물 옆에 놓았습니다. 민우는 세상 모르고 쿨쿨 자고 있습니다. 산타 할아버지는 웃으며 루돌프를 타고 날아갔습니다.

그런데 잠시 후, 산타 할아버지가 다시 민우 집을 찾아왔습니다. 하지만 그 산타 할아버지는 아이들에게 선물을 나눠주는 그 산타 할아버지가 아니었습니다! 아이들의 선물을 훔쳐 가는 도둑 산타 할아버지였습니다! 도둑 산타 할아버지는 보따리를 내려놓고 크리스마스트리 앞에 있는 선물을 들어 보따리에 넣고 편지까지 집어 들고 도망쳤습니다. 민우는 아직도 웃으며 쿨쿨 자고 있습니다. 시계 받는 꿈을 꾸고 있나 봅니다.

도둑 산타 할아버지는 도둑 루돌프를 타고 달리고 달려 또 선물을 훔치러 다른 집에 들어갔습니다. 하지만 선물을 **놓고 있던** 산타 할아버지와 눈이 딱 마주쳤습니다. 도둑 산타 할아버지는 너무 놀라 도망치려 했지만 산타 할아버지가 도둑 산타 할아버지를 꽉 잡았습니다. 그러고는 선물 보따리를 뺏고 도둑 산타 할아버지에게 다시는 선물을 훔치지 말라고 이야기했습니다. 도둑 산타 할아버지는 그 말을 듣고 조용히 구름 속으로 사라졌습니다.

산타 할아버지는 도둑 산타 할아버지가 훔친 모든 선물을 다시 아이들 집에 놓았습니다. 벌써 날이 밝고 있었습니다. 민우가 깨려고 했기 때문에 산타 할아버지는 얼른 루돌프를 타고 날아갔습니다.

드디어 민우가 잠에서 깨어났습니다. 그리고 거실로 뛰어가 선물이 있는지 보았습니다. 선물을 보고 민우는 너무 신나서 **펄쩍펄쩍** 뛰었습니다. 선물을 뜯어보니 민우가 바랬던 시계가 있었습니다. 그리고 편지도 읽었습니다. 민우는 크리스마스 날 하루 종일 신나서 뛰어다녔습니다.

지난밤에 하마터면 선물을 못 받을 뻔 한지도 모르고 말입니다.

보 름 달

보름달이 나를 쳐다봅니다
보름달이 나를 또렷이 쳐다봅니다
보름달이 나를 웃으며 쳐다봅니다

그래서 나도 웃어
보름달이 더 밝아집니다

콩 잡아라, 콩콩!

음식 만들다 떨어진 콩 한 알
내가 잡을 것이다!

이얏! 놓쳤네...
이얏! 또 놓쳤네...
이얏! 또또 놓쳤네...

내가 이리로 가면
콩은 이리로 간다

어라?!
강아지가 먹어버렸네!

술래잡기

하얀 눈 쌓인 길, 내가 걸어간다
내 뒤에는 발자국이 따라온다

진흙이 있는 길, 내가 걸어간다
내 뒤에는 발자국이 따라온다

아무리 내가 도망쳐도
발자국이 나를 따라온다

그래, 알았어!
내가 졌다, 발자국아

베개

베개는 안 힘든가 보다
매일매일 내가 베고 자는데...

베개는 안 아픈가 보다
매일매일 내가 깔아줍는데...

베개는 참 힘든가 보다
매일매일 내 땀 냄새 맡는데...

김장하는 날

오늘은 김장하는 날이에요
저도 가족들을 도와서 김치를 만들거에요
다 만들고 나면 이웃들에게 나누어줄거에요

가족들이 양념을 만들면
내가 도와드리고

냉장고 안에 두었다
익으면 먹을 거예요

아주 맛있게 익은 건
이웃들에게 나눠 줄 거예요

춥다, 추워
　　사막의 밤

덥다, 더워 사막의 낮
　햇빛은 쨍쨍하고
　걸을 힘도 없다

빨리 빨리 밤이 되었으면 좋겠다

어라, 왜 이렇게 춥지?

춥다 추워, 사막의 밤
　바람은 쌩쌩 불고
　땅에 있을 힘도 없다
　날아가겠네

완전 반대인 사막의 낮과
사막의 밤

이준민(성서초 4)

첨 ; 아이의 눈을 따라가 본다. 푸른빛을 보이는 아이의 말들은 영롱하게 반짝인다. 밝은 웃음은 분수처럼 퍼진다. 그냥 따라가 본다. 이야기는 꽃을 피운다. 오룡을 흠뻑 취하게 만드는 기분 좋음을 선물해 준 아이. 그대로의 모'습만으로도 순수한 아이가 내 옆에 있다.

별

별이 하늘에서 반짝반짝

밤 하늘에 가득가득

누가 훔쳐갈까봐

까만천에

콩 콩 박아 놓았네

빨간 별 파란 별

정말 이쁘네

별의 주인인 달이

그 별들을

보들보들 간질간질

아이. 간지러워

달이 보석들을 어루만지네

나도 사다리타고

달처럼 별을

만져보고 싶네

작고 예쁜 별들

신 문

아침에
라디오를 틀까요?

아니요,
신문을 보네요.

신문을 한장한장
　넘기면
　만화가 나오네요.

일기예보대신
　엄마몰래
　만화볼까요?

일기예보 물어보면
　바로 넘겼!

눈사람

Q. 눈덩이가
    이단합체하면?

A. 눈사람

아이들이 눈족에서
퀴즈를 하며 놀고있다
대부분 답은

눈。사。람。

게임하는 날

게임하자!
아이들이 소리친다

뽕뽕뽕!
게임하는 소리

얘들아, 밥 먹자
그러면 애들이
아! 조금만요

안돼!
엄마가 소리친다.

할 수 없이
끌려가는
게임기와 친구들
으앙~

가을 타는 아이

가을 타는 아이가
시 한 나지였네
애들이 들려달라고
서로 밀치네

저 멀리 산새 한 마리
가을 타는 아이의
친구 되었네

산새가 시 들려달라 해서
한번 들려주고

아이들이 시 들려달라 해서
두번째 들려주고

얼마나 힘들까?

똥

똥이란 말은
냄새나~

그래도 조금은
괜찮아

학교에 똥 싸면
그걸로
탐정놀이
만들어주거든

황민서(서당초 5)

첨 ; 별의 주인공, 스테파니가 떠오른다. '예쁘다'는 언어로 표현하기에 부족한 아이다. 질감으로 느껴지는 아이의 감정은 말랑말랑하다. 망원경으로 들여다본 민서의 내면은 연두색으로 가득하다. 세상에서 가장 깊고 맑은 바다처럼, 아이는 맑고 투명하다.

집에서 꾸는 꿈

'내가 외동딸이면 얼마나 좋을까?'

'왜 엄마는 나 하나만 낳지 동생은 왜 낳은 거야?'

나에겐 귀여운 동생이 있다. 하지만, 늘 나는 동생이 없었으면 하고 바라왔다. 외동인 친구들도 늘 부러워했다. 시간이 흐르면서 미안한 마음이 들었다.

내 생각을 동생이 알아챌까 봐 걱정도 했다. '내가 하고 있는 생각을 동생이 알게 된다면 내 동생은 어떤 기분을 느낄까?' '동생도 나랑 비슷한 생각을 할까?' '내 동생이 외동딸이기를 바라면, 내가 없기를 바라면 어떨까?' '내 동생은 날 싫어하진 않을까?'

이런저런 생각을 하다 보니 미안한 마음이 들었다. 그동안의 내 생각들이 잘못으로 느껴졌다. 생각뿐 이었지만 미안했다. 나는 이제 동생에게 사과를 한다. 말은 하지 않지만 함께 지내며 미안함을 사과한다. 동생이 나와 같은 생각을 하지 않도록.

슬픔이 있으면 기쁨도 찾아온다

CHAP.1 상현이의 우유

오늘도 평소와 같이 학교를 향해 걷는다. 집 밖을 나오면 항상 조용했다. 우리 집 앞은 사람이 지나가기는 하는 것인지 너무 조용하다. 나는 돌계단을 얼른 내려가려고 발걸음을 재촉했다.

돌계단을 내려가자 조용한 적은 없었다는 듯 엄청나게 시끄러웠다. 모두가 색다른 가방을 메고 학교에 가고 있었다. 어떤 아이는 엄마와 손을 흔들며 인사를 하고 있었고, 어떤 아이는 동생과 함께 웃으며 학교를 가고 있었다. 다들 너무 행복해 보였다. 나도 웃으며 학교로 향했다. 교문을 들어서자 주은 이를 만났다. 나는 주은 이와 함께 교실로 올라갔다.

교실에는 선생님이 우유를 나누어 주시고 있었다. 나는 선생님께 인사를 드리고 조용히 앉아 책을 읽었다. 드디어 내 자리에도 우유가 놓였고 바로 우유를 마셨다.

조금 마시고 책을 읽는데, 옆에서 말하는 소리가 들렸다. 선생님과 상현이가 얘기하고 있었다. 확실하지는 않지만 이렇게 들었던 것 같다.

"선생님, 우유 맛이 이상해요."

"그래? 냉장실에서 이제 막 꺼내 온 거라 괜찮을 것 같은데........"

"근데 맛이 이상해요."

"너 우유 좋아하니?"

"네. 근데 그건 왜요?"

"그럼 맛이 이상할 리가 없는데?"

"그러게요......"

"잠시만, 유통기한 확인해 봤어?"

"아니요. 한번 확인해 볼게요."

상현 이는 유통기한을 확인하더니 인상을 찌푸렸다.

"유통기한이........... 일주일 전까지였는데요?"

그러자 선생님은 깜짝 놀란 표정으로 상현 이에게 말했다.

"알았어. 그럼 반 친구들한테 이따가 얘기해 볼게."

"네."

그리고 선생님은 자리에 앉아 책을 폈다.

CHAP.2 나 아니라니까

'딩동 딩동-딩동 딩동-'

종이 울리고, 선생님은 1교시 시작이라며 칠판을 땅땅 땅 쳤다. 모두가 선생님을 바라보았다.

"자, 수업 시작 전에 말할 게 있어요."

모두들 무슨 얘기일까 궁금해하며 웅성거렸다. 나는 선생님이 무슨 말씀을 하실지 알 것 같았다.

"아까 보니까 상현이 우유가 유통기한이 지나있더라고요. 혹시 옛날 우유 상현이 책상에 갖다 놓은 사람?"

역시 아무도 답하는 사람은 없었다. 선생님은 다시 한번 물어보셨다.

"뭐라고 안 할 테니까 답하세요. 옛날 우유 상현이 책상에 갖다 놓은 사람?"

또 대답하는 사람은 없었다. 선생님은 화가 나셨는지 말씀하셨다.

"다 일어나세요."

아이들은 군대처럼 모두 동시에 일어섰다. 선생님은 똑바로 서서 말씀하셨다.

"우유는 선생님이 나눠주니까 우유 안 마시는 사람들은 이 일을 저질렀을 리가 없겠지. 우유 안 마시는 사람 앉아."

우유를 마시지 않는 아이들은 모두 앉았다. 이제 우유 마시는 애들만 남았다.

"인서랑 윤정이랑 재욱이는 지난주에 우유 집에 가져갔지? 그러니까 너희 셋이 앉아."

선생님은 이 일을 저질렀을만한 사람이 아니면 모두 앉혔다.

"민성이는 지난주에 학교 안 왔지? 민성이 앉아."

이제 나, 주은이, 경훈이만 남았다. 선생님은 모두 독서하라고 했고 주은 이를 먼저 불러 선생님과 밖에 나가서 얘기했다.

주은 이는 다시 들어오더니 선생님은 경훈이 보고 들어오라고 하셨다.

곧이어 경훈이가 다시 들어오고 선생님은 나를 불렀다. 나는 묵묵히 나갔다.

선생님은 문을 살짝 닫고 말씀하셨다.

"민서야, 네가 했니?"

나는 정말 아니었다. 그리고 난 억울하게 혼나기 싫었다. 그래서 답했다.

"아니요. 안 그랬어요."

선생님은 인상을 쓰고 다시 한번 말씀하셨다.

"진짜? 진짜 너 아냐?"

나는 목소리를 조금 더 높였다.

"아니라니까요."

선생님은 한숨을 푹 내쉬고 말씀하셨다.

"너 맞잖아. 너 아니면 누구야. 주은이도 **아니라고**, 경훈이도 아니라는데 그럼 너 아냐?"

나는 생각보다 세게 답했다.

"왜 주은이랑 경훈 이는 믿고 저는 안 믿으세요?"

그러자 선생님은 말을 잠깐 멈추셨다. 그리고 다시 말씀하셨다.

"솔직히 말해봐. 민서야, 네가 하지 않았니?"

"아니에요. 안 그랬어요."

"선생님이 상현이 책상에 우유 놓은 건 이해하는데, 거짓말은 봐줄 수 없어."

"정말로 아니에요."

나는 말하면서 급기야 눈물까지 나왔다. 왜 선생님이 나만 이렇게 의심하시는지 알 수가 없었다. 너무 억울했다. 나는 한마디 더 했다.

"왜 선생님이 저한테만 몰아붙이시는지 잘 모르겠어요. 저도 억울하다고요. 아무 이유 없이 혼나야 한다는 게 너무 화나고 억울해요."

선생님은 아무 말도 하지 않았다. 잠시 동안 침묵이 흘렀다. 그리고 선생님도 한마디 하셨다.

"민서야, 이러면 선생님이 곤란해. 용의자가 너밖에 없으니까 그런 거 아니야. 빨리 말해."

나는 더 이상 참을 수 없었다. 하지만 크게 소리 지를 수도 없었다. 그래서 결심했다.

"맞아요. 저 맞아요............"

내 눈물이 볼을 타고 턱까지 내려갔다. 이 눈물이 계속 내려갔으면 좋겠다.

선생님은 "알았어. 들어가." 하며 나를 들여보냈다. "맞아요."라고 말한 내가 미웠고 아니라고 말하지 못한 내가 미웠다.

CHAP.3 쥐구멍에라도 숨어버리고 싶어

선생님과 나는 교실로 들어왔다. 선생님은 이 사실을 모두에게 알렸다.

"민서가 상현이 책상에 우유를 놓았다고 하네요. 다음부터 절대 이런 짓 하지 마세요."

그리고 선생님은 나에게도 말했다.

"민서야, 우리가 너 때문에 소중한 1교시를 날려버렸어. 다시는 거짓말하지 마."

나는 억지로 답했다.

"네........."

학교가 끝나고, 나는 영어학원에 가려고 후문에서 버스를 기다렸다. 기다리는 동안이 최악이었다. 우리 반 애들은 날 놀리느라 바빴고, 다른 반 애들은 우리 반 애들이 퍼뜨린 소문 때문에 나에게 우유에 대한 걸 물어보기 바빴다.

"민서야, 너 상현이 책상에 일주일 된 우유 됐다며?"

"너 때문에 상현이가 상한 우유 마신 거네."

"너네 반 1교시 땡땡이쳐서 좋겠다...."

조용히 하라고 당장 소리를 질러버리고 싶었지만, 그럴 힘이 없었다.

나는 버스 안으로 들어갔다. 버스 안은 나에 대한 말이 아무것도 없을 줄 알았다.

하지만 정반대였다. 여기저기서 '우유'와 '상현이' 그리고 '일주일'만 들렸다. 그 버스에 탄 애들이 거의 다 우리 반이었고, 애들은 내 얘기 하느라 내 마음속 외침을 듣지 못했다.

이러다가 '황민서 우유급식'이라는 검색어가 실시간 검색어 1위를 차지할 것 같았다. 나는 학원에서 내려 바로 반으로 들어갔다. 물론 반 안으로 들어가면 바로 영어공부를 해야 하지만, 버스 안보다는 훨씬 났다.

CHAP.4 믿어줘서 고마워

영어학원이 끝나고 집에 가는 길, 나는 우유갑 하나를 발견했다. 갑자기 짜증이 확 치밀어 올랐다. 나는 그 우유갑을 발로 밟아서 구겨 버렸다. 구겨놓은 우유갑이 내 속 같았고, 길에 그냥 두기에는 마음에 걸렸다. 우유갑을 집어서 쓰레기통에 넣은 뒤 집 안으로 들어갔다.

역시나 집 안에는 엄마가 기다리고 있었다. 엄마는 내가 오늘 학교에서 뭘 했는지 다 알고 있다.

"민서야, 이리 와 봐."

나는 엄마가 말하기도 전에 내가 말했다.

"엄마, 엄마 우유 얘기하려고 하지? 그거 나 아냐. 그거 다른 사람이 한 거야. 근데 선생님이 자꾸 몰아붙이시니까 내가 맞는다고 한 거야. 내가 얼마나 억울했는지 알아? 울기까지 했다니까!"

하지만 엄마는 내 말을 믿을 리가 없었다. 자꾸 무슨 핑계냐며 혼냈다. 나는 눈물을 흘리며 말했다.

"하긴, 엄마가 그걸 믿을 리가 없잖아.........."

엄마는 꿀 먹은 벙어리가 되어 버렸다. 내 말에 아무것도 답하지 않았다.

나는 방문을 쾅 닫고 방 안으로 들어갔다. 그리고는 침대에 누워 참고 있던 울음을 터뜨렸다.

엄마는 방 안으로 불쑥 들어오더니 나를 불렀다. 엄마는 날 꼭 안으며 미안하다고 했다. 오늘따라 엄마의 품이 따뜻했다.

CHAP.5 경훈아, 고마워!

다음 날, 난 들뜬 마음으로 학교에 갔다. 엄마가 사실을 모두 선생님께 말씀드렸고, 이제 오해할 일도 없었다.

선생님은 나에게 끝까지 의심해서 미안하다며 나를 안아주셨고, 친구들도 깜짝 놀라며 수군거렸다.

"자, 그럼 솔직히 말해서 상현이 책상에 우유 올린 거 누구예요?"

또다시 범인을 맞추는 놀이가 시작되었다. 교실은 계속 잠잠했다. 그런데 어디선가 손이 살짝 보였다. 그리고 갑자기 손을 번쩍 들었다.

경훈이었다!

선생님은 경훈이에게 남아서 상담하고 가라고 하셨고 다시 정상적인 수업을 시작했다.

경훈이에게 화가 나기도 했지만, 그건 잠시뿐이었다. 자신이 잘못한 것을 이제라도 털어놓아 준 경훈이가 고맙기만 할 뿐이었다. 경훈이 아마 내가 자기 대신 혼나서 모든 아이들에게 놀림을 당할 때 마음이 힘들었을 것이다. 그래도 용기 내어 다시 말해준 것은 대단한 것 같다. 나 같았으면 끝까지 말을 못 했을 것이다.

잘 못 알고 있는 것을 쉽게 단정 지어 말하는 것도, 오해받고 있는 상황에서도 어쩔 수 없다는 이유로 옳은 이야기를 멈추는 것도 모두 다 좋은 것이 아니다. 비록 늦었어도 사실을 고백해 준 친구의 말이 좋은 것이고, 오해한 것들에 대해 미안하다고 사과해 주는 말이 정말 좋은 것이다. 나를 위해 잘못을 털어놓은 친구 경훈이, 미안하다고 사과해 준 엄마와 선생님. 모두가 고마웠다. 그리고 이렇게 기쁨이 찾아온다.

별과 사람의 삶

천문대에 갔다 오면 매일 별 하나하나를 새로이 알게 된다. 어느 별은 폭발할 위기에 처해 있고, 어느 별은 지금 막 태어났다. 사람도 지금 막 태어난 사람이 있고, 일생의 절반 이상을 살아간 사람이 있다. 별과 사람은 비슷한 일생을 살고, 비슷한 시련을 겪고, 비슷한 모습을 가지는 것 같다. 둘은 너무 비슷한데 다만 가끔은 다르게 보이고, 언젠가 다시 보면 같아 보이는 것을 알게 되어 놀라울 뿐이다.

사람은 태어나고, 좀 더 성장하여 사람다운 사람이 되어, 어른이 되고 점점 나이가 들며 생을 마감한다. 별도 마찬가지이다. 별은 태어나고, 점점 진짜 '별'의 모습이 되며 반짝이는 삶을 살고 터진다.

별과 사람은 모두 각자의 '삶'을 산다. 사람은 살면서 여러 가지 감정을 느낀다. 아픔, 고통, 슬픔, 기쁨, 행복 외의 수많은 감정들을 느낀다. 물론 별은 생명체가 아니라서 감정을 느낄 수 없지만, 별이 상상할 수 있고, 표정이 있고, 느낄 수 있다면 참 좋을 것 같다. 힘들고 괴로울 때 위로가 될 것 같다.

파랗게 빛나는 별은 매우 뜨거운 별이라고 한다. 가장 차가워 보이는 색인 파란색이 가장 뜨거운 온도의 색이라고 하니 놀랍다. 냉정해 보이는 사람의 속에는 뜨거운 마음이 있을 수 있는 것처럼…… 그리고 빨간색 별은 보이는 것만큼 뜨겁지는 않다. 사람도 그런 것 같다.

궁금한 게 하나 있다. 만약에 별이 생명체라면 별은 언제 뿌듯함을 느낄까? 별들 중에서도 태양처럼 작지만 엄청나게 밝은 별들이 있고, 연하지만 예쁜 별들도 있다. 작든 크든 별들은 우리에게 자신의 예쁜 모습을 보여준다. 여러 별들은 자신이 밝게 빛나는 모습을 보여주어서 사람들이 밝게 빛날 수 있도록 해 준다. 빛나는 별은 별 스스로 기쁠 것 없지만, 그 별을 바라보는 사람을 기쁘게 한다. 바라보는 사람이 기쁨을 느낀다는 것을 알게 된 별은 그제야 뿌듯함을 느끼지 않을까?

사람도 자신이 다른 사람에게 고마워할 것들을 주면서 뿌듯함을 느낀다. 내가 다른 사람을 위해 양보를 한다거나, 그 사람이 좋아하는 것들을 조심스레 찾아내어 선물을 주는 등 다른 사람들을 행복하게 하면 그때 뿌듯함이 느껴지는 것 같다. 스스로 빛나다 보면 다른 사람에게 기쁨이 되기도 하고 기뻐하는 다른 사람을 보면서 그 사람은 다시 행복해진다.

가끔은 별과 사람의 인생이 비슷하다는 것을 느낀다.

바 다

힘든 나는
파도 소리가

슬픈 나는
갈매기 소리가

걱정하는 나는
햇살에 반짝이는 물빛이

나를 눕히고,
마음을 만지고,
눈물을 닦아 위로해준다

바다는 내 친구

책

오늘
책 한 권을 샀다
집에 와서 책을 보았다

집에 와서 책을 읽기 전
책 표지를 둘러 보았다
그리고 책을 폈다
글을 읽었다

아무도 읽지 않은 글이
내 손에서 펼쳐진다
이야기가 흐른다

오늘,
나는 나의 책을 편다
이야기를 편다

50

비 오는 여름 밤

쏴아아ー
비가 시원하게 내립니다
무더운 여름 날씨를
비가 싸악 지워줍니다ー

여름의 빗소리를 들어봅니다ー
하늘에 떠 있는
예쁜 별들이 보입니다ー
북두칠성이 보입니다ー

난 눈을 감고
빗소리와 함께 잠이 듭니다ー
감은 눈으로 북두칠성이 걸어갑니다ー
여름의 별로
비를 타고 걸어갑니다ー

이은서(정자중 1)

첨 ; 찬란한 봄날이다. 아니 봄볕을 듬뿍 안고 가르마 같은 길을 걸어보고 싶다. 개나리와 진달래가 만발할 때면 웃음꽃도 핀다. 은서가 그렇다. 웃음을 마음껏 발산하는 것이 아닌 조금씩 조금씩 나눠주는 듯한 고운 미소여서 일까. 난 그런 은서가 좋다. 순수함을 머금은 밝음이...

아프다 그리고 슬프다

꽃이 없으면 마음이 아프다.

꽃이 피었다 지면 슬프다.

향기로운 꽃보다 향기가 없는 꽃을 보면 아련하다.

안도현 시인의 〈잡문〉에서 배운 솜씨로 글을 쓴다.

그리우면 우는 게 아니라

진정한 그리움은 참는다는 것도 시인을 통해 배운다.

꽃망울 필 때 조잘거리는 느낌을 들을 수 없지만,

오늘은 재잘재잘 떠드는 유치원 아이들이 꽃처럼 예쁘게 보였다.

'책은 세상을 보는 문이다'란다. 오룡 선생님에게 배운 문장이다.

바로 오늘이 그런 날인 듯하다.

아이들을 통해 꽃을 생각하는 걸 보니…….

역사를 통해 미래를 배울 수 있다

아직 역사 초보자다. 아니 걸음마 단계다. 학교에서 배운 짧은 지식으로는 여러모로 부족하다. 친구들은 벌써 이것저것 많이 아는 것 같다. 논술 시간에 짧은 유튜브 영상을 찍었다.

선생님이 물으면 대답하는 방식이었다. 발해를 세운 사람은 누구인가요? 대조영입니다. 선생님은 최수종이 세운 나라가 아니냐고 다시 물으셨다. 오래전에 대조영이라는 드라마의 주인공으로 나온 사람이 최수종이라고 말씀하셨다.

발해는 고구려를 계승한 나라, 우리 민족의 혼이 흐르는 나라였다는 사실을 또렷하고 확실히 기억한 하루였다.

'역사를 잊은 민족에게는 미래는 없다'는 유명한 말을 제대로 실천하기 위해서는 지금보다 더 열심히 역사 공부를 해야겠다는 다짐. 오늘은 오래도록 기억에 남을 것 같다.

노인은 외롭지 않았습니다

넓은 바다에서 싸웁니다. 외로움에 지치지 않고 싸웁니다. "하지만 인간은 패배하도록 만들어지지 않았어."라고 말하는 노인이 존경스럽습니다. "사람은 파멸당할 수는 있을지언정 패배하진 않아." 이렇게 외치는 노인의 모습을 보고나니 소년 마놀린이 노인을 따르는 이유를 알 것 같습니다.

어부 산티아고는 84일째 고기를 잡지 못하다가, 85일째 먼 바다에 도착해 마침내 청새치 한 마리를 잡았습니다. 문제는 청새치가 너무나 거대했습니다. 오히려 노인이 탄 배를 끌고 가는 것이었습니다. 이틀 동안이나 노인의 몸으로 그물을 지탱하는 의지가 놀랍습니다.

3일째에 남은 온 힘을 다해 지친 청새치를 잡았습니다. 문제는 그때부터 발생합니다. 노인은 청새치를 팔 수 있으려니 기대했지만, 피 냄새를 맡은 상어들이 몰려옵니다. 노인은 있는 힘을 다해 간신히 상어를 물리칩니다. 하지만 항구로 돌아왔을 때는 머리와 뼈만 앙상하게 남은 청새치만 남았습니다.

소년 마놀린은 노인이 무사하게 돌아온 것을 보고 기쁨의 눈물을 흘립니다. 함께 기뻐하며 느끼는 모습을 보니 헤밍웨이의 소설 〈노인과 바다〉를 제대로 읽은 것 같아요. 노인은 소년과 함께 고기잡이에 나서기로 약속합니다. 잠깐 잠든 노인은 꿈을 꾸죠. 오래전 아프리카에서 보았던 사자의 꿈을…….

노벨 문학상을 받아서 유명한 소설인지, 헤밍웨이라는 작가 때문에 유명한 책인지, 중요한 것은 감동 받으면 좋은 책 아닐까요.

서로 도우면서 살아야 한다

글을 쓰려면 경험이 많아야 한다는데, 얼마큼 경험을 해야 할지 모르겠다. 얼마 전 〈왜, 세계의 절반은 굶주리는가〉를 읽었다. 친구들과 함께 읽어야 했기 때문이었기에 망정이지 혼자 읽으라고 했으면 쉽게 읽지 않았을 것이다.

내가 경험하지 못한 세상, 특히 아프리카와 같은 빈곤 국가들에서는 많은 사람들의 굶주림이 흔하다고 한다. 지구에서 수억 명이 기아에 허덕인다는 것이다. 책을 읽으며 기아의 원인 중 가장 눈에 띄었던 부분은 선진국들의 욕심이 제3세계의 기아를 방치한다는 것이다. 자신들의 이익을 위해서, 즉 선진국들의 곡물 회사가 더 많은 돈을 벌기 위해서 싼 가격으로 팔지 않는다는 것이다.

책을 읽으면서 세계의 생생한 굶주림이 가슴 아팠다. 앞으로 밥투정하지 않고 살아야 겠다. 남을 도우면서, 나눔을 실천하는 삶을 살아가기 위해 더 열심히 노력해야겠다고 생각했다.

위수민(상현중 1)

첨 ; 반듯하고 듬직한 사내아이가 '안녕하세요'라고 인사를 한다. 미성의 목소리가 퍼진다. 웃음은 찬란하다. 반전의 매력을 주는 아이. 수민은 깊은 울림을 주는 아이다. 〈소나기〉의 소년처럼 순수함을 지닌, 그래서 더 자꾸만 마음을 끌어당기는 예쁜 아이다.

〈무진기행〉은 현실도피였다

무진기행의 나는 현실에서의 실패한 나의 마음이다. 무진은 안개에 둘러싸여 있다. 외부와 단절되었으며 고독을 느끼게 한다. 악한 무진은 더러운 권력으로 뭉쳐 있고 이 세계의 악한 점들만이 모여 있다. 내가 아는 아니 보통의 사람이 상상조차 못 할 만큼의 부조리함이 섞여 있다.

이건 내 마음의 안개에 의해 나와 동떨어져 있다. 하지만 현실에서의 나는, 무진이라는 인간의 본능을 가둬 둔 곳에서 나를 다시 꺼낸다. 생각을 조금 더 해보면 다시 돌아올 가능성이 많다. 아무리 자신의 본능을 마음속에 숨겨도 다른 사람의 본능은 내가 어떻게 하지 못한다. 그 현실은 결국 무진이랑 다를 게 없다. 다시 무진이라는 또 다른 현실로 돌아오는 것이다.

어떤 하루

시간은 지나간다. 지금 초가 지나가고 있고, 그 초는 잊힌다. 그 뒤에 있었던 일도 결국 기억에서 잊힌다. 무의미한 시간만 잊혀 지면 좋으련만 유의미한 시간조차도 잊힌다.

그렇게 나의 엊그제 어제 어떤 하루가 지나가면 남는 게 없다. 아니 애초에 내가 게임 말고 더한 게 있었던가?

인간에 대해 생각해보니

　사람은 악한 존재이다. 왜냐하면 첫째 인간은 이익을 좋아하고, 손해를 싫어한다. 인간은 이익을 위해 어떤 일도 마다하지 않는다. 둘째 인간은 나이 든 아빠, 엄마를 안 봐준다. 실제로 재산만 받고 엄마 아빠를 버리는 것도 많이 봤다. 셋째 인간의 욕심은 끝이 없다.

　인간이 권력을 잡으면 어떨까? 1대 대통령 이승만은 권력을 잡고 장기집권을 했다. 박정희, 전두환도 마찬가지다.

　인간은 더 높은 자리로 올라 가려 한다. 인간이 선해질 수 있는 환경이나 생각에 따라서 선해지기도 하지만 결국 인간은 악한 존재이다. 그로인해 인간은 언제나 평등하지 않다.

겉돌다

옛날부터 어른이 되기 위해 노력했다. 어른이 되기 위해 어른이 즐겨 하는 것도 해 봤다. 하지만 그럴수록 나는 점점 어른이 되기 위해 겉돌기를 반복하는 것처럼 느껴졌다.

어른이 되려고만 집중했다. 하지만 어른이 되려는 것을 포기했을 때, 중심에만 있기를 포기했을 때, 겉에서 맴돌아보니, 그때야 타인을 받쳐주는 방법을 터득했다.

사랑하며 산다

인생은.
　사랑하며 살기에도
　　　바쁘다-

우리 할머니는
　엄마에게 사랑을 주었고
엄마는
　　나에게 사랑을 주었다

나도 남에게 사랑을 주며 산다

우리 모두
　남에게 사랑을 주며
　　　사랑으로 산다-

미 안 하 다

내 감정이 많다는 것에 미안하다
모든 감정을 동일하게
다룰 수 없는 것이 미안하다

여전히 나는,
내 삶의 증명가치를 위해
최선을 다한 감정을 위로한다

더불어
감정을 조절하지 못한
감정에게 진심으로 사과한다

이유찬(청계중 1)

첨 ; 책의 안쪽은 따스하다. '부드럽다'는 것은 저러하구나. 중저음의 매력적인 목소리로 조용하게 책을 읽는다. 언어는 무한하나, 말은 진중하다. 세상을 끌어안고, 마음껏 표현하는 유찬이는 참 속이 깊은 아이다. 울림을 주는 소년을 보며, 아름다운 청년을 그려본다.

스마트폰에게 잡혀 산다

휴가철을 맞이하면 다반수가 여행을 떠난다. 캠핑을 가고, 해외여행도 가고, 나는 무엇보다 자연을 느낄 수 있는 캠핑이 좋다. 바다 근처로 가면 낚시고 하고 조개도 잡는다. 가족들이나 친구들과 같이하면 잡지 못해도 즐겁다. 이것이 진짜 즐거움이 아닐까?

현대인들은 미디어에 사로잡혀 있다. 친구 또는 가족과 함께 있어야 할 시간을 미디어가 잡아갔다. 이젠 TV와 스마트폰은 없어서는 안 될 물건이 됐다. 나와 내 주변인들을 봐도 그렇다. 어른 아이 할 것 없이 마구 스마트폰을 뒤진다. 검색·게임·유튜브는 우리에게 너무 자연스럽게 일상화됐다.

하지만 이 시간으로 인해 친목을 다질 시간은 현저히 줄어들고, 건강 상태는 악화된다. 이러한 상황에서도 회사들은 신종 제품을 만들어 낸다. 요즘 광고는 아이들을 대놓고 저격한다. 아무래도 어른에 비해 아이들은 신상품에 열광한다. 관심을 유발하며, 아이들이 조르게 만드는 것이다. 매체들에게 사로잡히지 않기 위해선 스마트폰보단 책을, TV보단 주변 환경을 보는 것이 좋다.

본론으로 들어가서 요즘 광고는 너무 화려하다. 물론 회사 입장에서는 화려하게 만들어야 사람들의 관심을 얻을 수 있으니 그럴 것이다. 하지만 너무 과하다. 이 스마트폰 광고 때문에 폰을 사서 시력 또는 인지능력을 잃은 이들도 많다고 한다. 회사는 자신의 이익만 추구하고 이로 인해 병에 걸리는 이들은 신경 쓰지 않는다. 물론 이 말은 억지일 수 있다. 모든 선택은 본인들이 했으니까.

그래도 조금은 신경 쓰고 살아야겠다. 우리가 스마트폰을 잡고 있을 게 아니라 우리가 스마트폰에 잡혀서 살지 않도록...

큰 물고기 하나

할아버지께선 큰 물고기를 잡아오겠다며 바다로 떠났다. 할아버지의 마음은 이해가 가지만 너무 위험한 것 같다. 할아버지가 돌아오셨다는 소식 한마디 없다. 내가 어릴 때 같이 갔던 때만 생각하면 가슴이 먹먹해진다. 몸도 성치 않으신데 잘못되신 것은 아니겠지? 걱정이 이만저만이 아니다.

지금 할아버지의 소식을 들을 수만 있다면……. 고기는 잡으셨는지 알 수 있다면……. 할아버지의 그 몽둥이질 소리가 그립다. 내가 준 그 따스한 밥을 잊으시지 않으면 좋겠다. 할아버지가 떠나신지 이틀째 하염없이 할아버지가 그립다.

할아버지의 말 한마디가 나에겐 만병통치약이다. 주변 사람들이 할아버지가 돌아오셨단다. 그것도 큰 물고기 뼈와 함께. 얼른 가봐야겠다.

슬픈 교육

우리나라는 초등과 중등 교육과정을 의무로 한다. 국민의 세금을 지원하여 거의 무료로 교육을 시켜준다. 학교에 가면 우리는 친구를 사귀기도 하고, 지식도 습득할 수 있다.

하지만 공교육은 한참 뒤처지고 있다. 놀랍도록 진화하는 사교육 때문이다. 사교육비가 매년 빠르게 증가한다. 영어 학원, 수학 학원 등을 안 다니는 학생은 아마 없을 것이다. 놀랍게도 6~7세 어린아이에게도 부담스러운 교육시간과 비용이 주어진다.

아직 어리지만 개인적으로 과다한 사교육은 없어져야 한다고 본다. 어린 시절부터 너무나도 오랜 시간 학원 일정에 맞춰 살아간다면, 스스로의 삶을 만들어 가는데 불안하지 않을까? 친구들을 보면 일정대로 움직이지 않으면 불안해하는 경우도 있다. 참 슬픈 일이다. 인생은 자기 자신의 것인데 왜 시간이 우리를 조종하는지…….

사교육은 우리를 지치게 한다. 학교에서 받은 교육으로도 충분한 지식을 습득할 수 있는데도 선행학습을 시키는 이유는 대체, 뭐란 말인가. 강제로 지식을 얻게 하는 방법은 우리를 지치게만 하고 전혀 도움이 되지 않는다. 이로 인해 받는 스트레스가 가장 크다. 학생 자신이 원해서 하는 교육이 아니라면 능률은 거의 오르지 않는다.

이 글을 쓰면서도 학원 시간표를 보고 있다. 아, 슬픈 대한민국의 교육이다.

독립운동과 희생정신

우리는 독립운동가 얘기를 자주 듣는다. 교과서에도 나온다. 이분들은 참 대단한 분들이다, 우리가 이 상황이었다면 과연 할 수 있었을까? 독립운동은 자신의 목숨을 바쳐 희생하는 것이다. 용기도 필요하고 희생정신도 요구된다.

다수의 사람들은 자격을 갖추지 못했다. 요즘 세상은 이기적인 세상이라 나 잘되고 너도 잘 되라는 법은 없다. '나부터 잘 되자'이다. 이런 세상에 희생정신과 용기는 흔하지 않다. 이는 교육의 책임이기도 하다. 현재의 학교 풍경은 이기적이다. 자신만 인정받기 위해 경쟁한다. 친구를 비하하거나, 험담하거나 대놓고 무시하는 경우도 허다하다. 어릴 적부터 이런다면 어른이 된다고 얼마나 변할까.

학생들의 책임은 더 크다. 상대방을 배려하고 존중할 수 있어야 한다. 이기적인 마음가짐을 버리고 함께 살아가는 세상이라고 고민해야 한다. 그래도 아직은 희망이 있다. 구석구석 남아있는 솔선하는 분들 때문에 세상은 아직 살만한 것 같다.

예를 들어, 가족이다. 부모는 아이를 위해 헌신하고 아이는 부모를 위해 노력한다. 부모님의 자식 사랑은 절대로 없어지지 않을 것이다. 하지만 이는 사회 전체에게 주는 영향은 생각보다 크지 않은 것 같다.

희생정신을 기르기 위해서는 친구들과의 우정이 중요하다. 우정이 돈독해지면 자연스럽게 타인을 위하는 마음도 생긴다. 그렇다고 강요하거나 강제하지 말자. 사회 분위기를 그렇게 만들다 보면 조금씩 변해갈 것이다. 첫 숟가락에 배부르지 않겠지만……

놀이와 사교성

어릴 적. 그래봐야 10년 정도 되었지만, 그때는 스마트 기기의 발달이 덜 되어 있었다. 하지만 요즘 어린아이들은 인터넷이 일상이다. 학원에 갈 때 셔틀버스만 봐도 그렇다. 많은 아이들이 게임을 한다. 이 생각이 갑자기 왜 들었냐면, 셔틀버스에 장난감을 가지고 온 아이가 있었다.

울컥했다. 예전엔 나도 저렇게 순수하게 놀았는데, 장난감을 가지고 노는 걸 보니 괜히 슬퍼졌다. 왜 그런지 모르겠다. 적어도 초등학교 저학년까진 친구들과 장난감 가지고 놀고, 활동량이 많은 활동을 하며 놀아야 한다. 어릴 때가 사교성과 활동성을 키우는데 가장 좋고 중요한 시기이다.

오늘 왜 이러지. 엄마표 소리를 자꾸 하고…….

한옥 예찬

살면서 한옥을 볼 기회가 흔치 않다. 불행인지 다행인지는 모르지만, 한옥을 원 없이 보며 산다. 가끔 마루에 앉아 처마 끝으로 떨어지는 물방울을 보면 내 마음속에서 웅덩이가 일렁인다. 이럴 때는 한옥이 정말 좋다.

하지만 밤이 되면 한옥이 살짝 무서워진다. 방 여기저기서 올라오는 냉기의 서늘함은 식은땀을 불러낸다. 심장이 터질 듯한 긴장감. 무엇인가 계속 속삭인다. 차가운 땀은 폭포수처럼 흐른다. 한옥은 따스함과 싸늘함이 교차한다. 두 느낌이 크로스로 존재한다.

가끔은 한옥이 무미건조하게 느껴지기도 한다. 외부에서 보면 웅장한 자태와 굳건한 기둥들이 나를 사로잡지만 내부로 들어가면 그저 네모난 방일뿐이다. 내 방과 흡사한 느낌을 받을 수 있다. 아무런 감흥과 운치가 전해오지 않는다.

내부에서 창문을 열어 바깥의 자연 풍경을 받아들이자. 한옥 내부의 특성을 자연과 조화를 이루도록 하자. 여러 가지 맛이 섞여있는 비빔밥 같은 느낌이 혼재해 있는 한옥의 장점을 살려보면 어떨까. 더 좋은 점들이 많이 있으면, 아파트만 있는 주변 풍경도 조금 변해갈 것이다.

정유진(계원예중 1)

첨 ; 부푸는 봄은 온통 파랗다. 강렬한 것은 색보다 바람이 주는 질감이다. 부드럽고, 따사로운 봄볕 같은 아이. 타고 흐르는 감미로움은 선(鮮)을 넘어섰다. 첼로보다 더 고운 목소리로 책을 읽는 아이. 계원의 푸름이 될 유진, 너는 빛이다.

여행의 시작

- 엄마의 제주도 여행 제안
- 내가 생각하는 제주도
- 2박 3일의 여행에 필요한 나만의 여행 가방

첫째 날

- 김포공항까지의 고된 여정(돌아가고 싶다)
- 버스 통로보다 큰 내 가방(너무 많이 싸왔나 봐ㅜㅜ)

- 강남역 보도블록에 끼여 흔들리는 바퀴
- 그냥 아빠 차로 간다고 할걸(여행은 여행답게, 젊을 때 고생은 사서도 한다는데... 후회된다)
- 우여곡절 끝에 김포공항에서 할머니를 만나다
- 세상에, 김포공항에는 면세점이 없다니...!
- 제주도에 가면 기념품 숍이 있으니 괜찮아
- 첫 번째 시련은?
- 생각보다 비가 세차게 온다
- 도착, '역시 여행은 호텔이지'라고 생각했는데. 유리창이 깨질 것 같은 비바람에 풀 하우스의 바깥 경치는 포기
- 레스토랑은 문 닫고, 추억에 길이길이 남을 전자레인지에 익힌 눅눅한 치킨과 컵라면으로 저녁식사
- 하지만 내일이 있잖아

둘째 날

- 조식은 간단히 해결
- 어제랑 사뭇 다른, 맑게 갠 하늘과 눈이 부셔 3초 이상은 볼 수

없는 푸른 다이아몬드 바다

· 동생과 자동차 레이싱 : 아빠 VS 동생, 나 서바이벌

· 미로체험

· 새로운 호텔(수영, 바비큐)

셋째날

· 커피숍에서 쉬다

· 우연적인 기념품 숍

· 다시 공항으로

· 리무진 택시 타고 집으로

여행, 가족의 재발견

　우리 가족은 여행을 좋아한다. 엄마는 특히 여행을 좋아하신다. 재작년에 아빠, 이모와 함께 한 달 동안 유럽 여행을 갔다 왔다. 그리고 친구들과 여행을 가기도 했었다. 이것 말고도 정말 많이 다니셨는데 그와 다르게 나는 여행을 귀찮아한다. 왜냐하면 여행을 하는 것은 불편한(?) 과정을 거쳐야지 할 수 있는 것이기 때문이다. 일찍 공항에 가야 하고, 여행 장소에 도착하고 나서 짐도 찾고, 숙소에도 가야 하고, 아무튼 해야 할 것이 정말 많다.

　어느 날 우리 가족은 TV를 돌리다가 홈쇼핑에서 제주도 여행 패키지를 보게 됐다. 우리 가족은 그것을 계속 봤다. 제주도의 바다와 여러 체험 장소를 보여 주었는데 엄마가 말했다. "제주도 가볼까?" 나는 아무 생각 없긴 했지만 여행을 별로 좋아하지 않는 나는 "꼭 가야 되겠어?" 엄마는 내 말을 듣고 조금 실망한 것 같았다. 내가 말했다. "근데 제주도 가면 저런 거 다 할 수 있어?"

　엄마는 내 말을 듣고 제주도에서 할 수 있는 것을 조금 알려 주었다. 나는 결국 엄마의 말에 설득 당해서 여행을 가겠다고 했다. 대신 나는 가이드가 있는 여행을 별로라고 말했더니 자유여행을 가기로 했다. 함께 가는 사람은 나, 동생, 할머니, 엄마, 아빠였다. 가는 날이 얼마 남지 않았기 때문에 나는 다음날부터 짐을 싸기 시작했다. 2박 3일 여행이었기에 짐을 싸는데 어렵지는 않았다. 이왕 가는 여행이니까 예쁜 옷으로 골랐다. 옷을 다 모았더니 생각보다 많았다.

나는 기분 좋은 고민을 하며 옷을 골랐다. 로션이나 생활 도구는 부모님이 챙기시기 때문에 나는 선크림이랑 수영복, 내게 필요한 물건들을 챙겼다. 돈도 챙겼는데 누가 훔쳐 가지 못하도록 가방 깊숙한 곳에 숨겨 두었다. 물도 몇 병 캐리어에 챙겨두었다. 생각날 때마다 짐을 챙겼더니 금방 여행 날이 되었다. 우선 이번 여행의 첫 번째 관문은 비행기를 타러 가는 과정이었다.

그냥 비행기만 타면 되는 것 아니다. 김포공항까지 버스를 타고 이동해야 한다. 비행기에 짐도 실어야 하고, 정말 해야 할 일이 많았다. 우리 가족과, 외할머니가 함께 여행을 가기 때문에 김포공항에서 만나기로 했다. 우선 우리 가족은 가족 수만큼 캐리어를 끌고 버스를 타러 갔다. 택시를 타고 가기도 애매한 거리여서 끌고 걸어갈 수밖에 없었다.

여름이니까 그렇겠지만 어찌나 덥던지 캐리어 바퀴는 보도블록에 마구 흔들리고 얼굴에는 땀이 뻘뻘 났다. 어찌어찌해서 결국 버스에 타게 되었다. 캐리어를 버스 트렁크에 넣지 않고 내 자리 놓았다. 가지고 가는 동안 사람들을 조금 친 것 같아서 미안했다. 캐리어로 끌고 다시 강남역까지 갔다. 지하철을 타기 위해서였다.

사람은 정말 많고 정신이 없었다. 그 와중에 동생은 세계 과자 가게에서 과자를 사겠다며 아빠를 설득했다. 동생은 과자를 샀다. 정말 철이 없는 것 같다. 지하철은 제시간에 왔다. 김포공항 역에 내려 평면으로 된 에스컬레이터를 탔다. 지난번에 탔을 때 기분 좋은 기억이 있었는데 다시 타도 신기하고 원래 걸음보다 빠른 걸음과 속도로 가는 것이 재미있었다. 공항에서 외할머니를 만났다. 여행이 시작된 것 같아서 흥분이 되었다. 우리는 우선 짐을 비행기에 실어야 하기 때문에 어떤 곳에 가서 직원에게 무언가를 말한 다음 짐을 떠나보냈다.

다음에는 허기진 배를 채우기 위해서 식당에 가서 밥도 든든하게 먹었다. 힘든 일이 많았기 때문에 밥이 더욱 맛있게 느껴졌다. 식사가 다 끝나고, 비행기를 타기 위해 다시 이동했다. 걷는 것이 지겨웠지만 곧 제주도에 간다는 생각으로 마인드 컨트롤을 하며 걸었다. 타는 곳에 도착을 했지만 조금 일찍 도착해서 어른들은 이야기를 하고, 나와 동생은 같이 휴대폰 게임을 했다. 재밌게 놀다 보니 비행기를 타는 시간이 되었다.

우리는 기쁜 마음으로 비행기에 올랐다. 앞에서 반겨주는 승무원들을 보니 더 실감이 났다. 앞으로 무슨 일들이 벌어질까 궁금해지고, 기대가 되었다. 비행기는 떴고 창가 쪽에 앉은 나는 바깥 풍경을 구경하며 스르르 잠에 들었다. 눈을 떴을 때는 이미 제주도에 도착해 있었다. 아쉽게도 제주에는 비가 오고 있었다. 습도도 높은 것 같았다. 아빠와 엄마가 먼저 렌터카 찾아오셨다.

그 시간이 얼마나 걸렸는지 모르겠지만, 꽤 지루했다. 그래도 차에 타고 달리니 비가 왠지 신선하고 깨끗한 느낌이 든다. 우리는 호텔로 향했다. 개인적으로 여행에서 호텔은 정말 중요한 곳이라고 생각했기 때문에 은근 기대하며 도착하기를 기다렸다.

로비는 깔끔했다. 앞에는 편의점이 있고, 장식품으로 도자기 같은 호리병이 있었다. 우리는 카드를 받고, 방을 찾았다. 룸은 슬리퍼를 신고 다녀야 했고, 침대는 큰 거 한 개, 작은 것 한 개 이렇게 2개가 있었다. 창문을 열려고 했는데 비가 와서 바람이 심하게 부는 바람에 창문이 날아갈 것 같아서 창문도 못 열었다.

저녁을 먹어야 하는데 맛있는 식당에는 이미 예약 손님이 꽉 차서 들어갈 수 없었다. 어쩔 수 없이 1층에 있는 편의점에서 컵라면과 도시락을 사 왔다. 전자렌지에 돌려먹는 음식을 여행 첫날부터 먹게 되다니 조금 아쉬웠다. 비가 와서 도시락밥도 눅눅하고 입맛도 없었다. 동생이 치킨을 먹고 싶다고 했다. 나도 제대로 된 음식을 먹고 싶었기 때문에 찬성했다. 주문을 시키고 나서 30분 정도 후에 치킨의 맛을 볼 수 있었다.

좀 눅눅하기는 했지만 그래도 가장 맛있었다. 우리는 내일을 위해서 조금 빨리 잠을 청했다. 오늘은 비록 힘들게 첫 번째 날을 보냈지만 내일과 모레는 꼭 평생 기억에 남을 추억을 쌓을 것이다. 맛있는 음식과 아름다운 자연의 모습을 직접 볼 수 있기를 기원하며 잠이 들었다.

아침에 일어났을 때 상쾌함은 정말 기분 좋았다. 바로 창문 밖은 바다였는데 어제와는 사뭇 다른 푸른 하늘과 뭉게뭉게 떠 있는 구름의 조합이 아름다웠다. 그 아래 바다는 진짜 사진으로만 보던 에메랄드 빛깔이었다. 바다수영을 무서워하는 내가 바다에서 수영을 하고 싶다는 생각을 하게 만들 정도였다. 아침부터 그야말로 눈이 호강

했다.

아침은 어제 먹은 저녁은 기억에도 나지 않을 만큼 차원이 달랐다. 엄마는 집에 있을 때부터 동생과 내가 좋아할 만한 장소를 찾았기 때문에 엄마가 가자고 하시는 데는 믿고 갈 수 있었다. 우선 우리는 첫 번째로 자동차 레이싱 하는 곳으로 갔다. 진짜 자동차는 아니지만 실제로 레이싱 경주를 할 때 쓰는 것 같은 디자인으로 되어 있었다.

다른 사람들이 하는 것을 구경했는데 이용자는 대부분 어른들이다. 진짜 자동차와 같이 스릴 있고 속도가 꽤 빠르게 느껴졌다. 동생과 나만 탔다. 우리 둘은 안전모를 쓰고, 자동차에 올랐다. 직원분이 설명을 해 주시고 규칙도 알려 주셨다. 그러고 나서 운전을 시작했다.

10명 정도가 같이 했는데 진짜로 추월을 해서 1등을 가리는 것은 아니다. 하지만 속도는 제한 없고 추월을 해도 된다. 나 자신과의 경쟁을 하면서 한 사람씩 추월했다. 내가 이토록 빠르게 달린 줄은 몰랐는데 할머니가 사고가 날까 봐 걱정하셨다고 했다. 속도를 내니 제주의 공기가 더 시원하게 느껴졌다. 레이싱이 다 끝나고 나오면서 봤는데 서바이벌을 하는 곳도 있었다. 서바이벌은 비비탄총 같은 것으로 전쟁놀이를 한은 것이다.

군대를 다녀온 아빠는 총을 조금 잘 쏘려나. 동생과 나보다 더 잘 쏠 것이기 때문에 아빠 vs 나, 동생 이렇게 게임을 했다. 난, 배틀 그라운드라는 총싸움 놀이를 가끔 즐겨 한다. 때문에 나름대로 오기가 발동했다. 직원 아저씨가 설명을 다 해주시고 게임을 시작했다. 페인트 탄 총알을 맞았는데 데 너무 아팠다. 게임이 끝난 후에 아빠도 많이 맞았다고 하셨다. 극한 직업 아빠였다.

제주가는 비행기에서 무슨 생각을.. 신나는 표정이 살아있는 모습과 비교되네

하루가 정말 알차게 지나갔다. 여행 기간이 짧기 때문에 스케줄이 빡빡했다. 다음 장소로 이동하기 위해 짐을 쌌다. 이번에는 수영장이 있고 바비큐장이 있는 호텔이었다. 호텔에는 화장실 안에 조그마한 사우나도 있고, 큰 욕조도 있었다. 수영장은 야외에 있었다. 깔끔하고 좋았다. 호텔에 도착하자마자 수영장에 가서 놀았다. 거기서는 동생이 알고 있는 많은 물놀이를 했다. 정말 재미있게 놀았다. 한 시간 정도 놀고 저녁이 되니 추워서 동생과 나는 먼저 들어갔다.

아빠는 수영을 좋아하셔서 몇 바퀴 돌다가 들어가겠다고 하셨다. 먼저 들어온 동생과 나는 수영복 그대로 욕조에 받아져 있었던 뜨거운 물에 들어갔다. 따뜻한 것을 좋아하는 나는 정말 마음이 편해졌다. 우리 집에도 이렇게 큰 욕조가 있었으면 좋겠다. 나중에 내가 주택에 살게 되면 꼭 하나 만들어야 되겠다. 수영을 하고 나니 배가 고팠다. 저녁은 바비큐. 오랜만에 숯불에다 구워 먹으니 맛은 좋은 걸까. 아니면 그냥 기분 탓일까. 먹다 보니 시간 가는 줄 몰랐다. 맛있게 배부르게 먹고 나니 벌써 잘 시간이 되었다. 시간이 이렇게 빨리 가는 것이 너무 아까웠다. 내일이면 집에 가는 날인데, 제발 시간이 늦게 갔으면 좋겠다.

일어나 보니 돌아갈 준비로 분주했다. 챙기는 데 도움이 되고 싶었지만, 가만히 있는 것이 도움이 될 것 같았다. 짐을 다 챙기고 나니 나갈 시간. 조금 쫓기듯 나왔지만 자동차를 타고 공항 근처에 있는 큰 커피숍에 갔다. 이곳은 어른들을 위한 곳이다. 동생과 게임을 하다 보니 시간 가는 줄 몰랐다.

커피숍을 나와서 주변을 보니 옆 건물에 엄청나게 큰 기념품 숍이 있었다. 여행을 갈 때마다 기념품 사는 것을 좋아하고 중요하게 생각한다. 때마침 나오는 엄마한테 "기념품 숍에 가면 안 되냐."라고 물었다. 엄마는 빨리 공항에 가야 되니 5분만 보고 나오라고 하셨다. 딱 만 원만을 주셨다. 엄청난 스피드로 눈을 굴리면서 진열된 물건들을 구경했다.

결국 시간이 부족했다. 숍이 너무 컸다. 가족들의 눈치를 보며 구

경을 하는 둥 마는 둥 했다. 분명히 5분이 지나지 않았는데 밖에 있
는 엄마는 나오라고 손짓했다. 싫다고 고개를 절래 흔들며 구경을 계
속했다. 참다못한 엄마가 들어왔다. 급하게 제주도와 관련 있는 볼
펜, 공책, 유행하는 떡메를 구매했다. 공항으로 가는 내내 비가 내렸
다. 제주도에 올 때 내리던 비처럼 하염없이⋯⋯. 밖을 보며 아무 생
각 없이 내리는 비를 봤다. 공항에 도착해서 렌터카를 반납했다. 공
항 면세점에 잠깐 들렸다. 작은 화장품을 샀다. 엄마도 이모들의 화
장품을 사셨다.

잠시 후 김포행 비행기의 탑승 안내 방송이 나왔다. 의자에 앉아
서야 제주를 떠난다는 사실이 실감 났다. 이륙하는 비행기에서 내려
다보이는 한라산을 보며 작별 인사를 했다. 그런 후에 바로 잠이 들
어 버렸다.

잠깐 졸았을(?) 뿐인데 비행기는 김포에 착륙 중이었다. 피곤한데
도 트랙을 내리기엔 뭔가 아쉬웠다. 다음에 누군가 제주도 여행을 가
자고 하면 기쁜 마음으로 수락할 것이다. 이제는 귀찮기보다는 더 즐
기고픈 마음이 생겼기 때문이다. 역시 여행은 다녀온 후에 느낌에 의
해 결정되나 보다.

안예원(홍덕중 1)   가나영(홍덕중 1)

첨 ; 빛은 무한공간으로 퍼진다. 변하지 않는 것은 '아름답다'라고 표현한다. 보이지 않는 것들을 보이게 하는 아이들이 있다. 봄의 꽃들을 데려온 바람처럼, 눈부신 소녀들은 어느 날, 온통 연분홍 꽃치마처럼 환하게 왔다.

또 바람이 분다. 맑고 푸른 바람은 꽃처럼 유유(愉愉) 하게 스쳐간다. 어린 시절부터 내내 그렇게 왔던 아이들. 아, 이 얼마나 꿈같은 시간이었나. 그러니 천천히 지나가라. 나의 자랑, 나의 사랑 아이들이여!!

간식을 먹는 돼지

우당탕 탕탕!! 꼬꼬댁! 푸드드득 !! 소란 속에서도 익숙한 듯이 암컷 공작은 철장 밖을 바라보았다. "탈출이다!!" "오늘도 시작이구먼. 결국 잡혀서 아기 흑돼지들만 혼나게 될 텐데..." 공작은 농장 중간마다 세워져있는 농장 팻말을 바라보았다. '가족과 함께하는 동물들과의 추억을 만들어 드립니다. ○○농장 ' "추억은 개뿔. 흥!"

아기 흑돼지들과 아기 핑크돼지가 있는 아기 돼지 간식 주기 체험 우리에는 굵은 나무로 된 울타리가 둥글게 쳐져 있었다. 우리의 끝 쪽에는 비를 피할 수 있는 것이 있었다. 그 양옆의 좁은 공간들에는 주인이 박스 같은 것들을 쌓아 두었는데 한쪽에는 주인의 집 벽을 칠하다 남은 많은 양의 페인트 통이었다. 페인트 통이 있는 곳은 아기 돼지들이 탈출할 때 많이 올라가는 곳이라 곧 무너질 듯이 있었다. 다른 한쪽에는 아기 돼지들의 사료 박스가 있었다. 아기 돼지들은 주로 사람들이 주는 간식들로 배를 채우기 때문에 사료 박스를 열 일이 많이 없었다. 그러나 가끔씩 아기 돼지들이 배고플 때 냄새를 맡고는 박스를 조금씩 뜯어보려 한 적도 있었다. 주인은 상자가 조금 뜯겨 있는 것을 모르는지 아직도 사료 상자를 아기 돼지우리 안에 넣어 두고 있다.

큰소리에 깜짝 놀란 주인이 다급히 농장 쪽으로 달려왔다. "이 돼지들! 또 탈출했구먼! 아침마다 이게 뭔 일인지. 내가 이 녀석들 때문에 제 명에 못 살겠어 아주 어?!" 농장 구석에서 돼지들은 제 키보다 2배나 높은 울타리를 넘으려고 아등바등했다. 어떤 돼지들은 이미 박스를 이용해 울타리 너머에 가 있었고 더 자란 돼지들은 힘을 모아 울타리를 부수려고도 했다. 이 광경을 본 주인은 아기 돼지들을 잡으러 울타리를 넘어 농장으로 뛰어 들어갔다.

주인은 먼저 울타리를 넘어 언덕으로 올라가려고 안간힘을 쓰는 아기 흑돼지 한 마리를 잡아 우리에 넣었다. 그리고는 울타리를 부수려고 하는 돼지들을 잡아 우리 구석에 가져다 놓았다. 결국 모두 잡힌 돼지들은 주인이 울타리를 손보는 동안 소들이 있는 곳 근처의 작은 울타리 안에 가 있었다. "야 난 언덕까지 갔었어." "나는 울타리 밖까지 나갔어." "나는 울타리를 반쯤 부쉈지. 크하하" "나는 농장 구석까지 갔어." "난 가만히 있었는데. 몸도 더러워지고! 다 너희 흑돼지 녀석들 때문이잖아!" "……" 각자의 자랑으로 시끄러웠던 울타리가 갑자기 조용해졌다.

그러다 아기 흑돼지 한 마리가 말을 꺼냈다. "그게 왜 우리 때문이야? 너희 돼지 녀석들도 같이 따라 나왔으면서!" "뭐? 그래도 우리 주인은 우릴 좋아해!" "……" 그 말 한마디에 아기 흑돼지들은 모두 구석으로 달아났다. "흥! 재수 없기는!" 울타리를 다 손본 주인이 아기 돼지들을 안고 우리로 데려갔다. "이런 돼지들, 안 그래도 오늘 아침에 단체 손님들이 오시기로 했는데 말이야!"

주인은 집으로 들어와 시계를 보았다. 아홉시 삼십오 분. 열시에 단체 손님이 오시기로 했으니 이십오 분 남았다. "마실 거나 준비해

야지." 주인은 천천히 커피를 내렸다. 그리고 창문을 열고는 커피를
따랐다. 돼지들이 매일 같이 탈출하는 바람에 오랜만에 가지는 여유
였다. 아기 돼지 간식 주기 체험, 소 젖 짜기 체험, 염소 먹이주기 등
없을 게 없는 농장에 주인 부부 집은 유난히 작았다. 컨테이너 박스
두 개를 붙여 놓은 1층과 2층. 주인은 항상 컨테이너 박스 하나를 차
지하는 커다란 미닫이창을 열어두고 있었다.

주인은 아침에 농장 일을 하고 나면 여유는 조금 밖에 없었다. 그
것마저도 아기 돼지들이 자꾸 탈출을 하니 아침의 커피 한 잔은 정말
오랜만에 가져보는 시간이었다. 열시가 되자 유치원에서 온 단체 손
님이 도착하고, 주인은 아기돼지우리의 문을 활짝 열었다. "쯧쯧, 자
본주의의 노예들 같으니."

아이들이 들어오는 모습을 보며 암컷 공작이 나지막이 말했다. 수
컷 공작은 낮에 이벤트를 해야 하기 때문에 문을 열 시간에는 항상
자고 있었다. 덕분에 암컷 공작은 좁은 철장 안을 지금이나마 자유
롭게 이동할 수 있었다. 아이들은 저마다 예쁜 돼지들 앞으로 가서
간식을 주었다. 돼지들은 익숙한 듯이 받아먹었다. 한 아이가 아기
흑돼지를 보며 말했다.

"선생님 저 돼지는 너무 더러워요. 근데 쟤가 자꾸 저한테 다가와
요.""그런 게 아니야. 색만 까말뿐이지 더럽지 않아.""그렇지만…"
그 말을 들은 아이들이 선생님에게 말을 꺼냈다. "맞아요. 선생님..
저 돼지랑은 놀고 싶지 않아요.""저도요.""나는 깜장보다 핑크가 더
좋은데!" 흑돼지들은 늘 그렇듯이 우리의 구석으로 모여들었다.

"우리가 저 돼지들 보다 못 한 게 뭐지?" "피부가 까만 것이 잘못인 거야?" "아가들은 다를 줄 알고 앞으로 나갔던 내 잘못이지"

오후가 되자 농장에 사람들이 더 많이 몰려왔다. 그러자 주인은 공작 이벤트를 준비했다. 안내문을 보고 공작 앞으로 때맞춰 사람들이 모여들었다. 2시가 되자 수컷 공작이 나와 깃털을 활짝 폈다. 사람들은 놀라며 카메라를 들어 올렸다. 잠시 뒤 먹이를 사온 사람들이 하나 둘 공작 앞으로 손을 내밀었다. 수컷 공작은 보란 듯이 깃털을 보이며 꼿꼿한 자세로 먹이를 먹었다.

이벤트가 끝나갈 때쯤 주인은 공작과의 사진촬영 시간임을 알렸다. 사람들은 공작 앞으로 줄을 서서 사진을 찍기 시작했다. 공작은 우쭐하며 철장에 갇혀있는 암컷 공작을 바라보았다. 이벤트가 끝나고 한 아이가 철장 안에서 쭈그리고 있는 암컷 공작을 보고는 말했다. "친구야 넌 아프니? 왜 밖에 안 나와.. 불쌍하다..."

엄마, 저 친구는 아파요? 왜 밖에 안 나와요?" "글쎄. 엄마도 잘 모르겠네. 가자. 저기에 가면 예쁜 토끼들이 있대." "예쁜 토끼……." 암컷 공작이 속삭였다. "뭐라고?" 이벤트를 마치고 방금 들어온 수컷 공작이 물었다. "방금 뭐라고 했어?" "그냥 왜 당신은 매일 사람들을 만나러 나가고 나는 이렇게 매일 갇혀만 있나 궁금해서요." "그야 당연히 나의 깃털이 멋있고 예쁘기 때문이지.

내가 사람들을 많이 만나봐서 아는데 사람들은 그런 걸 좋아해. 예쁘지 않으면 그렇게 보이려고 애쓰기라도 해야 한다고. 근데 당신은 그렇게 안에만 쭈그리고 있으니 당연히 그럴 수밖에." "나도 옛날

엔 사람들을 만났었어요." "그거야 이젠 옛날 일이지." "역시나 사람들은 예쁜 토끼 같은 것들을 좋아해요. 난 이제 쓸모 없어진 거라고요." "뭘 그렇게 생각해 날 봐 여전히 사람들을 만나잖아." "……" 암컷 공작은 더 이상 말을 하지 않고 더 구석으로 파고 들어가 앉았다. 그걸 본 수컷 공작도 더 이상 말을 하지 않고 내일 이벤트를 위해 깃털을 다듬기 시작했다.

사람들이 다 떠나고 우리의 문이 완전히 닫히자 아기 돼지들은 모여들었다. 핑크 돼지가 말했다. "아까 봤지? 사람들도 주인도 모두 우리 핑크 돼지들을 좋아해" 그러자 아기 흑돼지가 말했다. "사람들은 너희를 좋아하지만 주인이 너희만을 좋아한다는 건 확실하지 않잖아" "주인도 당연히 우리를 좋아해. 사람들이 너네처럼 더러워 보이는 까만색 보다 예쁜 핑크색을 더 좋아하는 것처럼 그건 당연하지."

"사.. 사람들이 왜 까만색보다 핑크색을 더 좋아하는 건데?" "잘 모르지 하지만 대부분이 다 그래. 까만색은 너무 새까맣게 생겨서 그런 거야." "까만색은 원래 새까만 색이잖아. 근데 새까맣게 생겨서 싫은 거라고?" "원래 다 그래. 다들 그렇게 생각하니까 그런 거야. 흥. 어쨌든 우리가 이겼어. " 아기 흑돼지들은 그 말을 듣고는 그대로 우리 구석으로 가 버렸다. 아기 흑돼지들은 생각하는 건지 속상한 건지 말없이 가만히 앉아 있었다.

조금 뒤에 아기 흑돼지 한 마리가 말을 꺼냈다. "저 돼지들이 얄미워서라도 우리가 꼭 이겨야겠어. 까만 것이 잘못이라면 그렇지 않게 해야지." "어떻게 할 건데? 어떻게 까맣지 않게 해. 우린 태어날 때부터 이런 색이었는데 바꿀 수 있어?" "그럼. 아마도 씻으면, 깨끗하게 씻으면 될 거야." 저녁 7시 무렵이 되자, 해가 우리 뒤편에 있는 언덕 너머에 걸쳐졌다. 아기 흑돼지들이 이야기하는 동안에 핑크돼지들은 이미 잠들어 버린 지 오래였다. 해가 완전히 언덕 아래로 숨어버리자 아기 흑돼지들은 이야기하는 것을 멈추고 잠에 들었다.

다음날, 주인은 아침 일찍 우리로 왔다. 아기 흑돼지 구찌가 아침 밥인가 하고 보니 주인은 공작이 있는 곳으로 가고 있었다. 웬일인지 주인은 콧노래를 부르며 공작에게 먹이를 주고 아기돼지우리를 지나 쳐 가 버렸다. 농장 문을 연지 한 시간쯤 지난 11시가 되자 손님들이 하나 둘 들어왔다. 오늘은 유난히 손님이 많아 아기 돼지 체험 우리 에 손님들이 넘쳐났다. 아기 흑돼지들은 손님들이 들어올 때마다 앞 에서 얼씬거렸다. 그러자 한 아이가 구석에 가만히 앉아 있는 아기 흑돼지들을 발견하고는 그리로 다가왔다. "안녕? 난 ㅇㅇ 이라고 해. 너희 참 귀엽다 히히"

그 아이는 멀리서 아기 돼지들에게 간식을 주고 있는 엄마를 불렀 다. "엄마! 이리 와 봐요! 여기도 아기 돼지들이 있어요." 아이가 소리 치는 것을 듣고 아직 자고 있던 다른 아기 흑돼지들이 깨어났다. 농 장 문을 열고난 후 첫 손님이라 아기 흑돼지와 돼지들 중에서는 아직 잠에서 깨어나지 못한 돼지들이 있었다. 아이의 엄마가 와서는 아기 흑돼지들을 보고 말했다.

"아기 흑돼지들이로구나." "엄마 얘들은 까만색 이예요." "그래. 흑 돼지들은 원래 이런 까만색이란다." 아이는 한참 동안 아기 흑돼지들을 바라보다가 다른 돼지들에게 가서 간식을 주었다. 아이가 떠나간 후 아기 흑돼지들은 모여서 말했다. "들었지? 우리는 원래 까만색인 거래." 다른 아기 흑돼지가 말했다. "그건 맞아. 저 돼지들도 원래 핑크색이었잖아." "근데 왜 우린 까만색이고 쟤네는 핑크색이지?" "그건 나도 몰라."

오후 2시가 되자 공작 이벤트가 진행되었다. 공작에게 사람들이 많이 몰린 덕에 아기 돼지우리에도 사람들이 조금은 줄었다. 사람들이 주는 간식을 받아먹던 아기 핑크돼지 한 마리가 우리 구석에서 잠시 쉬고 있던 돼지 쪽으로 다가가 앉았다. "아휴 배불러! 사람들이 주는 간식을 더 먹다간 배 터지겠어. 우리가 아무리 돼지라지만 말이야. 근데 왜 저 흑돼지들은 우리를 도와주지 않는 거지?"

가만히 앉아있던 돼지가 말을 꺼냈다. "어제 못 들었어? 핑키가 쟤네들은 너무 까맣게 생겨서 사람들이 우리를 좀 더 좋아한다고 말이야. 어제 핑키가 말을 좀 과장해서 하긴 했지만 그래도 우릴 좀 더 좋아하는 건 맞아. 그래서 쟤네들은 간식을 별로 받아먹지 못하지." "그랬어? 난 어제 듣지 못했는데."

"하암.. 그랬을 수도 있지. 어쨌든 핑키 말로는 그렇대. 사람들은 우리 핑크돼지들이 간식을 먹으려고 달려들어도 자기가 마음에 드는 돼지에게 먼저 주려고 하잖아." "그건 당연한 거지. 간식을 주는 건 사람들 마음이니까." "바로 그거야. 사람들마다 좋아하는 게 다르지만 대다수는 까만색보다 핑크색을 더 예쁘게 본다는 거지." "그렇구나. 어제 핑키가 그렇게 말했단 말이지? 조금은 이해가 가려고 하네.

그래도 나는 너무 배부르니까 여기서 좀 쉬어야겠어. 아무리 저들이 이해가 간다고 해도 지금은 배가 터질 것 같거든."

그날 밤, 아기 흑돼지들은 우리 구석에 모여 이야기를 시작했다. 한 아기 흑돼지 한 마리가 먼저 얘기를 꺼냈다. "저 핑크돼지가 한 말처럼 정말 우리는 까매서 사람들이 자꾸만 피하려 드는 거야?" 그러자 또 다른 아기 흑돼지가 말했다. "나도 잘 몰라. 하지만 그런 것 같아." "아무래도 안 되겠어. 더 이상 이렇게 지낼 수는 없어. 저번에 누군가 그랬잖아. 우리 모습이 까맣지 않게 하면 된다고. 그렇게 하면 돼. 그러면 저 핑크 돼지들도 우리를 계속 놀려댈 수 없을 거야."

"그럼 우리 모습을 어떻게 바꿔?" "음... 씻으면 되지 않을까?" "주인은 우리 목욕을 별로 시켜주지 않잖아." "그럼 더러워지면 되지! 지금보다 더 더럽게 해서 주인이 우리를 목욕시켜주게 만드는 거야!" 아기 흑돼지들은 모두 그 말에 동의했고 내일 아침 최대한 더러워지기로 약속했다.

날이 밝고, 열시가 되어 주인은 농장 문을 열고 손님 맞을 준비를 했다. 어젯밤 너무 늦게까지 이야기를 한 탓인지 아기 흑돼지들은 문열 시간이 다 되어서야 일어났다. 아기 흑돼지들이 일어나자 핑크돼지 한 마리가 아기 흑돼지들에게 다가와 말했다. "너희 왜 이제야 일어난 거야? 주인이 벌써 저 멀리에 있는 문을 열었다고. 어젯밤에 또 이야기했구나? 하여튼 너희들은 항상 그러더라."

아기 흑돼지가 말했다. "너희 핑크돼지들이 신경 쓸 바가 아니야. 우린 어젯밤에 아주 중요한 얘기를 하던 것뿐이라고." "중요한 얘기

뭐? 또 탈출하려고? 그건 아마 안 될걸. 난 이만 가겠어. 흥." 아기 흑돼지들은 핑크돼지가 한 말을 뒤로하고 어제 한 약속에만 집중했다. 어떤 흑돼지는 아침부터 바닥에 뒹굴기도 했다.

하지만 피부가 검은 흑돼지는 아무리 바닥에 뒹굴어도 더러워졌는지는 쉽게 알 수가 없었다. 뒹굴다 피부에 붙은 풀을 보고는 다른 흑돼지들이 조금 더러워졌다며 좋아하기도 했다. 그래서 아기 흑돼지들은 점점 뒹굴기 시작했다. 핑크돼지들이 이상하게 보기는 했지만 아기 흑돼지들은 목욕을 하면 핑크돼지들처럼 될 수 있다는 생각에 기뻐했다.

그렇게 바닥에 뒹굴던 아기 흑돼지들은 서로의 모습을 보고 이렇게 뒹굴기만 해서는 안 되겠다고 생각했다. 조금 뒤에 아기 흑돼지 중 한 마리가 우리 여기저기를 헤집고 다니기 시작했다. 그 모습을 본 다른 아기 흑돼지들도 우리 여기저기를 뛰어다니고 괜히 땅을 파 보거나 풀을 발로 뭉개기도 했다. 조용히 지켜보던 핑크돼지 중 한 마리가 말했다.

"쟤네 갑자기 왜 저러는 거지?" "나도 몰라 저런 모습은 처음 봐." 아기 흑돼지들은 주인이 쌓아놓은 박스와 페인트 통 위까지 올라갔다 내려갔다 하며 난리를 쳤다. 돼지들이 탈출할 때에 자꾸만 밟았던 터라 금방 무너질 것만 같았던 페인트 통들이 아슬아슬하게 흔들렸다. 아기 흑돼지들의 발걸음마다 조금씩 옆으로 밀려났다. 그리고 밀려난 페인트 통 위에 걸쳐있던 다른 페인트 통이 떨어지면서 아슬아슬했던 페인트 탑이 와장창하고 무너졌다.

그중 몇몇의 페인트는 뚜껑이 열려 바닥에 페인트가 쏟아지고 달려가던 아기 흑돼지가 그 페인트를 조금씩 맞기도 했다. 바닥에 쏟아진 페인트를 보고 아기 흑돼지들은 페인트 위를 뒹굴기 시작했다. 호기심에 페인트 통 안에 들어가 보기도 하고 통 위에 올라가려고 애쓰기도 했다. 페인트 위를 뒹굴던 아기 흑돼지가 다른 흑돼지를 보고 놀라며 말했다.

"너, 너 말이야 왜 그렇게 깨끗해졌지?" 열심히 뒹굴고 있던 다른 아기 흑돼지가 물었다. "응? 무슨 말이야?" "네 몸이 하얀색이 됐어!" "뭐라고?" "우린 분명 더러워지려고 했는데 왜 하얗게 된 걸까?"

지켜보던 핑크 돼지가 말했다. "너희 뭐야? 너희 둘, 아니 다른 돼지들 몇몇도 하얗게 변했어!" 핑크돼지들이 말했다. "이게 어떻게 된 일이지?" "쟤들은 완전히 하얀 돼지로 변해버린 거야?" 아기 흑돼지들과 핑크돼지들이 서로의 모습에 놀라고 있을 때쯤 손님들이 하나둘 아기 돼지우리 쪽으로 오기 시작했다. 잠시 뒤, 아기돼지우리 앞에 선 한 아이가 말했다.

"엄마 저기 봐요! 핑크돼지랑 하얀 돼지가 있어요! 우와! 난 하얀색 좋아하는데!" 뒤따라오던 다른 사람들이 뒤에서 수군거리기 시작했다. "저 돼지들 좀 봐! 하얀색이 아니라 페인트를 뒤집어쓴 것 같은데?" "흰색 페인트가 물인 줄 알고 뒹굴고 있나 봐! 너무 귀엽다!" "그러게. 아기 돼지들이 아침부터 장난을 쳤나 봐.ㅎ 저 모습을 빨리 찍어야겠어."

사람들은 카메라를 들고 페인트를 뒤집어쓴 흑돼지들을 찍기 시작했다. 아기 돼지우리 앞에 몰려있는 사람들을 보고 주인은 아기돼지우리로 달려왔다. 주인이 흑돼지들을 보고 말했다. "아니 이것들이! 또 무슨 장난을 친 거야?" 우리 주변에서 웃음소리가 새어 나왔다. "하하 하하" 당황한 주인이 말했다. "죄송합니다. 아기돼지 간식 주기 체험은 오후부터 다시 시작하겠습니다. 정말 죄송합니다." 주인은 아기 흑돼지들을 데리고 급하게 집으로 달려갔다. "헉, 헉, 이것들이 또 말썽을 부려? 돈 벌어야 하는데 말이야!"

페인트를 뒤집어쓴 아기 흑돼지 6마리를 욕조에 넣고 미지근한 물을 틀었다. "너희들이 아기 돼지라 망정이지. 더 컸으면 이렇게 목욕도 못 시켜 줄 거야!" 그 사이에 여자 주인은 아기 돼지우리로 달려가 난장판이 된 우리를 청소하기 시작했다. "어휴 정말 돈이 아까워서! 앞으로 쓰려고 남겨둔 건데 말이야!" 여자 주인은 먼저 남아있는 아기 핑크돼지들을 임시 울타리 안에 넣어두었다. "너희만은 가만히 좀 있어!"

울타리 안에서 핑크돼지들이 말하였다. "아깝다 재밌어 보였는데." "나도 하고 싶었는데!" "정신 차려! 너흰 자존심도 없어? 그 흑돼지들과 우리는 급부 터 다르다고!" 한 핑크돼지가 말하였다. "근데 쟤네랑 우리랑 다른 게 뭐야?" "잘 봐 우리와 쟤네는 색부터가 틀려." 주인 집 옆에서 듣고 있던 암탉이 말했다. "시끄러워 이 돼지들아! 그리고 틀린 게 뭐니? 다른 거지.

우리 아가들이 모두 깨버렸잖아!" "....." 핑크돼지들은 말없이 암탉을 바라보았다. 50분쯤 걸려서 여자 주인이 정리를 마치고 아기 핑크 돼지들을 우리에 다시 집어넣었다. 그리고는 집에 돌아와 어제 번 수익을 세기 시작했다. "내가 이 맛에 농장 일하지. 돈 세는 일이 가장 즐거워. 호호호" 아기 흑돼지들을 다 씻기고 나온 주인이 말했다. "어제 많이 벌었소? 아이고 저 흑돼지들 씻기느라 죽는 줄 알았네." 돈을 세고 있던 여자 주인이 대답했다. "당연하지요. 이게 모두 우리 동물들 덕분이지."

2시가 되자 우리에 돼지들이 모두 돌아왔다. 아기 흑돼지들이 말했다. "봤어? 우리가 하얗게 변했었어! 근데 다시 더러워졌어. 이게 무슨 일이지?" 아기 흑돼지들은 실망했다. 핑크돼지가 말했다. "너희한테는 그게 깨끗한 거잖아. 아까 그건 아마도 진짜 너희 모습이 아니야" 옆에 있던 다른 핑크돼지가 말했다. "그건 말이야, 이상한 끈적끈적한 괴물이었던 것 같아. 너희를 집어삼키려 했던 거지." 또 다른 핑크돼지가 말했다. "그건 아닐 거야. 아마 그게 잠시 너희를 변하게 했던 거지." 옆에서 듣고 있던 암컷 공작이 말했다. "바보들. 그건 색을 칠하는 물건이야. 그걸 엎어서 너희에게 묻었을 뿐이라고."

공작 쇼가 끝난 후, 사람들이 아기 돼지우리로 오기 시작했다. "아이고 귀여워라. 아까 페인트를 뒤집어썼던 아기 흑돼지들이지?" "귀여운 녀석들 언제 또 목욕을 하고 온 거야?" 사람들은 하나 둘 아기 흑돼지들을 쓰다듬기 시작했다. 핑크돼지가 말했다. "흥. 저거 하나 뒤집어썼다고 사랑을 받다니. 사람들은 참 바보 같아." 농장 문이 닫히고 아기 돼지들은 모두 한자리에 모여 이야기를 시작했다. 먼저 흑돼지가 말했다. "봤지? 사람들이 우리에게 간식을 줬어!"

"오랜만에 배 터지게 먹었다고! 너희만 사랑받는다는 게 확실한 건 아니지?" 핑크돼지가 말했다. "그렇지 않아. 내일이면 다시 사람들은 우리에게 올 거야. 너희 같이 별로 사랑받지 못했던 돼지들은 한순간이라고." "괜찮아. 한 번 사랑받았으면 그 뒤에도 예뻐해 줄 거야." "그럴 수야 있겠지. 하지만 그 인기도 언젠가는 식어 버릴 거야."

다음 날, 그리고 또 다음날 또 그 다음날……. 영원할 줄 알았던 인기도 핑크돼지들의 말같이 서서히 식어갔다. 그리고 아기 흑돼지들을 비추던 시선이 점점 핑크돼지들에게로 돌아갔다. 밤이 되자 아기 흑돼지들은 모여 말했다. "저 재수 없는 핑크돼지들의 말이 맞을 줄이야." "우린 정말 이 신세를 벗어 날 수 없구나..." 핑크돼지들이 와서 말했다. "그래, 너희의 인기는 일시적일 뿐이었어." 다른 아기 흑돼지가 말했다. "그래. 그건 인정할게. 하지만 너희와 우리가 다른 게 뭐지? 단지 색? 그럴 수도 있지. 모두가 우릴 색만으로 차별하며 싫어했잖아?" 또 다른 흑돼지가 말했다. "하지만 우린 다를 뿐이야! 잘못 없어!"

핑크돼지가 말했다. "맞아. 너희에겐 잘못이 없어. 하지만 사람들은 여전히 너흴 별로 좋아하지 않아." 그 말을 들은 흑돼지들은 말했다. "그래도 괜찮아. 난 더 이상 사람들에게 사랑받으려고 하지 않을래. 이 우리 구석에서 편하게 살 거야." 다른 아기 흑돼지는 말했다. "난 예뻐질래. 지금과 같은 대접은 다시는 받고 싶지 않아. 노력하면 다 될 거야."

원래와 같이 살겠다고 한 아기 흑돼지들은 평소와 같이 편하게 살았다. 가끔씩 탈출을 시도하기도 했다. 주인이 주는 사료를 받아먹고, 자고 싶은 만큼 잤다. 그래도 자신의 외모를 가꾸었다. 자기가 보기에 완벽하지는 않았기 때문이다.

예뻐지기로 결심한 아기 흑돼지들은 전과 같은 삶을 다시는 살지 못했다. 사람들이 올 때마다 애교를 부렸다. 혹시 자신이 수컷 공작처럼 이벤트에 나가게 되지는 않을까 하고 종종 개인기를 연습하기도 했다. 일부러 주인의 눈에 들기 위해 노력했다. 이런 아기 흑돼지들에게는 몇몇의 사람들이 관심을 주었다. 두 무리의 아기 흑돼지들은 행복하지만 다른 생활을 하고 있었고, 누가 더 행복한지는 판단할 수 없었다. 그전의 생활보다 많이 달라진 아기 돼지우리였지만 전보다 싸우는 일은 줄어들었다.

가끔 아기 흑돼지들이 개인기를 연습하다 힘들다며 다른 흑돼지들에게 화풀이를 하기도 했다. 정말 이렇게 해야 하는 것이 맞냐며 짜증을 부렸다. 그러면서도 그 아기 흑돼지들은 개인기를 연습하거나 사람들에게 간식을 얻어먹는 일을 포기하지는 않았다.

조우림(다산중 1)

첨 ; 친숙하고 친밀한 여덟 살 꼬마, 우림이는 이제 소녀다. 동해는 푸른 바다다. 빛나는 바다이기도 하다. 너는 내게 그런 아이다. 2016년에 인도에서 만난 우림이를 2020년 한국에서 만났다. 소멸한 시간을 거슬러 온 아이는 흩어지는 모든 것을 그리워하며 쓴다. 그래서 더 예쁜 고운 아이 우림.

우림이가 느꼈던, 생생한 인도 이야기

인도의 첫인상에 놀랐다

　여행을 하면 다른 나라들을 구경하며 경험할 수 있습니다. 책이나 TV에서만 봤던 역사적 유물이나 건축물을 더 자세히 볼 수도 있습니다. 유물이나 건축물뿐만 아니라 그 나라 사람들의 일상을 살펴볼 수 있다는 것이 가장 큰 매력입니다. 일상들을 들여다보면 건축물과 유물이 만들어진 이유도 알 수 있습니다. **가끔씩 여행을 하다 이 나라에 대한 깊은 생각을 하면 그 나라를 더 아름답게 볼 수 있습니다.**

인도의 첫인상은 9살 나에겐 놀라움 그 자체였습니다. 길거리의 사람들, 차도에 서성이는 온갖 동물들, 우리나라보다 훨씬 덥고 습한 공기까지. 어른들은 한국의 60~70년대의 모습과 비슷하다고 얘기했지요. 9살의 시선에서 본 그들의 삶은 꽤나 초라했습니다. 차가 보이면 무작정 달려들어 구걸하거나 제 또래의 아이가 차 앞에서 재주를 부리며 돈을 달라고 요청했습니다. 물론 내가 본 이 사람들은 십수억의 인도 인구 중 수십 명의 극소수에 불과했습니다. 상상할 수 없을 만큼 많은 사람들이 굶주리고 헐벗고 구걸하며 살아간다고 했습니다.

그들은 자신이 믿는 힌두교의 신들이 어느 순간 복을 내려준다고 생각합니다. 일자리를 구할 생각을 하지 않고 구걸을 하는 이유 중 하나가 이들이 믿는 종교적 믿음 때문입니다. 물론 모든 가난한 사람들이 종교 때문에 일을 하지 않는 것은 아니지만 노숙자나 가난한 사람들이 종교에 의지하는 마음은 무척 크답니다. 그래서 본인들이 먹을 밥은 없어도 힌두 신전에 올릴 음식은 준비해서 기도를 갑니다.

4년 동안 들여다본 인도는 여전히 다양하다

중국 다음으로 많은 인구수를 가진 인도, 땅도 굉장히 넓어서 북쪽부터 남쪽 끝까지 비행기로는 5시간 이상 기차로는 2, 3일이 걸리기도 합니다. 저는 인도의 수도인 델리에서 생활했기 때문에 북인도의 문화를 더 많이 접할 수 있었습니다. 하지만 오랜 역사와 다양한 인종, 다양한 종교 등으로 인도도 북쪽과 남쪽, 동쪽과 서쪽 각 지역에 따라 다양한 문화를 가지고 있습니다.

인도에서 좋은 경험도 많이 했고 즐거운 점도 많았지만 우리나라보다 발전이 느리기 때문에 사실 불편한 점도 무척 많았습니다. 하지만 지금 인도는 굉장히 빠른 속도로 변화하고 있어서 제가 지내는 4년 동안 새로운 건물, 도로 등을 수시로 보고 새로운 점을 느낄 수 있었습니다.

한국 음식이 그리웠다

인도의 음식은 항상 짜거나, 달거나, 향이 강합니다. 향신료를 거의 사용하지 않는 우리나라에 비해 인도는 온갖 향신료를 섞어서 모든 요리에 사용합니다. 심지어 우리의 쌀밥처럼 인도인들이 주식으로 먹는 빵인 난이나 차파티에도 갖가지 향신료를 첨가해서 반죽합니다. 그래서인지 인도 현지에서 인도식을 즐기는 한국인은 거의 본적이 없습니다.

어떤 음식은 향신료를 갈지 않고 통으로 넣은 경우도 많은데, 그것을 먹다가 씹으면 코, 목구멍, 머리까지 터지는 듯 강한 향을 맛볼 수 있습니다. 볶음밥에도 향신료 종류인 **강황**을 넣어 노란색의 잊을 수 없는 맛을 느낄 수 있습니다. 채식주의자가 많은 인도에서는 동물성기름과 육식보다 식물성기름과 채소, 밀가루를 사용한 음식들로 카레를 만들어 주로 식사를 하는데 카레에 식물성기름인 '기'와 크림이 엄청 들어가기 때문에 소화가 잘되지 않고 향신료의 강한 향과 느끼함도 자연스레 함께합니다.

그래서 채식주의가 많음에도 불구하고 복부비만 인구가 무척 많답니다. 쌀 또한 우리나라와는 달리 흩날리는 쌀이라 밥을 지을 때 기름을 무척 많이 넣습니다. 전체적으로 인도 요리가 우리 입맛과는 맞지 않는 경우가 많지만 닭고기와 토마토, 크림을 넣은 버터 치킨 카레와 난, 차파티와 같은 빵을 함께 먹는 요리는 대부분의 한국인의 입맛에도 맞고 저도 즐겨먹는 인도 요리가 되었습니다.

난, 차파티, 로티와 같은 빵은 납작하게 만들어 화덕에 담백하게 구워내는데 그냥 먹거나 꿀에 찍어 먹어도 맛이 일품입니다. 양젖을 발표시켜 만든 '라씨'는 대표적인 음료인데, 우리나라의 요구르트와 비슷한 새콤달콤한 맛이 나서 더운 여름에 갈증을 식혀주는 데 도움을 주었습니다.

인도의 4계절

우리나라만큼 뚜렷하지는 않지만 인도도 나름의 사계절을 가지고 있습니다. 주로 우리나라의 여름과 봄가을 날씨가 반복되긴 하지만 짧은 겨울도 있습니다. 1년 중 8개월 이상은 우리나라의 한여름과 같고 세 달은 봄가을, 한 달은 겨울이라고 생각하면 됩니다. 하지만 우리나라의 사계와 기온 차이는 엄청나게 다르답니다.

흔히 인도 2월에는 20도, 3월에는 30도, 4월에는 40도, 5월에는 50도라고 합니다. 제가 인도에서 지내는 동안 5월에는 52도까지 기록한 적이 있었습니다. 그런 무더위로 인해 인도에서는 한 해에 수백 명씩 사망하기도 합니다. 주로 노약자나 더위를 피할 길 없이 노출되어 있는 가난한 사람들입니다. 4월, 5월 무더위에는 우리나라와 달리 습하지는 않고 건조한 더위이기 때문에 뜨거운 바람이 불면 사막의 모래바람처럼 느껴지기도 합니다. 심지어 더위 때문에 모기가 살 수 없어 그때는 모기 없는 편안한 밤을 보낼 수 있다는 것이 장점 아닌 장점이기도 합니다.

10월 중순부터 3월 초까지는 우리나라의 봄·가을 날씨이고 그중 12월 중순부터 1월 중순 정도는 온도가 가장 낮게 내려가는 겨울에 속합니다. 하지만 그 시기에는 공기가 무척 나빠지고 안개도 많아 축축하고 흐린 날이 많습니다. 최저기온이 10도 전후이지만 우리나라처럼 집안이 난방이 되지 않고 여름이 길어 집의 바닥이나 벽이 대리석인 경우가 대부분이어서 바깥보다 실내가 훨씬 춥게 느껴집니다. 그래서 대부분의 한국인들은 전기장판이나 매트가 필수 품목이었고 히터나 난로도 많이 사용합니다.

인도의 겨울에 도시를 지나다니다 보면 재밌는 풍경을 접할 수 있는데, 실내의 추위를 피해 맑은 날 햇볕을 쪼이려는 인도인들이 길거리나 잔디밭 곳곳 어디라도 널브러져 있는 모습입니다. 실내는 춥고 난방용품은 구하기 힘든 사람들이 맑은 날 햇볕을 쬐며 짧은 인도의 겨울을 보내는 것 같았습니다.

무엇보다 인도 생활에서 가장 힘든 점이 공기였는데, 중국과 함께 세계 최악의 공기 질로 유명합니다. 우리나라에서는 미세먼지 수치가 100이 넘어가면 경보단계이지만 인도는 1,000은 수시로 넘어가곤 했습니다. 그런 날은 도시 전체에 매캐한 냄새와 앞이 뿌옇게 보이지 않고 숨 쉬는 것도 힘들다는 것이 느껴질 정도였습니다. 학교에 임시 휴교령이 내리기도 하고 차량 홀짝제를 시행하기도 했지만 해마다 상황은 더욱 나빠지고 있습니다.

겨울에는 학교의 모든 활동은 실내에서만 이뤄지고 교내 건물 곳곳에 공기청정기를 설치하여 하루 종일 작동하도록 하며 실외에서는 무조건 특수 마스크를 써야 했습니다. 한국에 돌아왔을 때 기쁜 점이 여러 가지였지만 가장 좋은 점을 꼽으라면, 깨끗하고 맑은 공기를 마실 수 있다는 것이었습니다. 우리나라도 미세먼지 수치가 올라가면 마스크를 착용해야 하고 야외활동을 자제하라고 하지만 인도에서의 경험으로 인해 우리 가족은 그런 경고에도 민감하지 않게 되었습니다.

인도의 7월과 8월은 우기로 몬순이라고 합니다. 어떤 날은 정말 하루 종일 비가 내리기도 합니다. 몸에 빗줄기를 맞으면 아플 정도로 굵고 세게 내리죠. 하수도 사정이 나빠 비가 많이 내리면 도시 곳

곳이 범람하고 막히며 나무들이 넘어져 도로를 막는 일도 수시로 볼 수 있습니다. 그리고 비가 너무 많이 쏟아지기 때문에 우산 없이 비를 맞고 다니는 인도인들도 무척 많습니다. 우산을 쓰거나 안 쓰거나 큰 차이가 없기 때문이지요. 몬순 기간에는 열대우림처럼 비가 쏟아져서 어디를 가나 굉장히 습하고 눅눅합니다. 그래도 50도가 넘는 인도의 더위를 한풀 꺾게 해 주는 것은 큰 장점입니다.

하지만 몬순이 지나고 나면 아직 더운 날씨임에도 불구하고 우리는 긴 바지를 입고 온몸에 모기퇴치 스프레이를 뿌리고 패치를 붙여야 했습니다. 몬순 이후에는 뎅기열이 기다리고 있기 때문입니다. 우리는 뎅구라고 불렀는데, 모기의 한 종류인데 뎅구에 물리면 40도가 넘는 고열과 출혈, 몸살, 근육통이 일어나고 심하면 사망에 이르기도 합니다.

실제로 위생이나 의료시설에 취약한 인도 거리의 노숙자나 가난한 사람들은 뎅기열로 한 해에만 수십 명씩 사망하기도 합니다. 제 주위의 친구 엄마들도 동시에 여러 명이 뎅구에 물려서 많이 아픈 적이 있었습니다. 인도에 머무는 동안 뎅기열에 걸리지 않은 것만으로도 큰 행운이라고 생각했습니다.

인도인들이 사랑하는 간디와
인도의 자랑 타지마할

인도인들은 우리도 알고 있는 '간디'를 가장 존경하는 인물로 꼽습니다. 비폭력 독립을 요구했던 인물로 정치에 참여한 그의 자식들까지도 인도인들에게 존경을 받고 있습니다. 간디의 생일은 국가 공휴일로 지정하고 함께 축하하며 인도의 모든 지폐에는 간디의 얼굴이 새겨있을 정도로 국가적인 인물입니다. 저도 인도의 학교에서 간디에 대해 배웠는데 부유한 환경에서 자랐음에도 자신의 이익만 생각하지 않고 국가와 약자들을 위해 노력한 점이 대단하다 느껴졌습니다. 우리나라도 일제강점기에 독립을 위해 싸우신 많은 애국자가 있는데, 크게 고생하고 죽기도 했는데 간디도 그와 비슷하다 생각하니 더 존경스러웠습니다.

그리고 인도하면 생각나는 대표적인 것으로 타지마할이 있습니다. 우리나라에서도 타지마할에 대해 배우죠. 하얀 대리석으로 지어진 이 건물은 무덤입니다. 사랑하는 왕비가 죽자, 왕은 세계에서 가장 화려하고 아름다운 무덤을 지어야겠다는 생각으로 타지마할을 건축하게 됩니다. 왕은 타지마할이 완공되자 이보다 더 아름다운 건축물은 짓지 못하도록 건설에 참여한 모든 사람의 손을 잘랐다고 합니다. 실제로 타지마할을 보고 있으면 큰 웅장함과 아름다움에 말을 잃게되지만 왕의 행동은 잘못된 사랑의 방식으로만 생각됩니다.

인도인들이 즐기는 축제 이야기

인도는 크게 두 번의 명절이자 축제가 있습니다. 3월의 홀리와 10월이나 11월의 디왈리입니다. 홀리, 디왈리 명절을 우리나라의 설, 추석처럼 음력을 쓰기 때문에 날짜는 약간씩 차이가 있습니다. 보통 홀리가 지나면 여름이 오고 디왈리가 지나면 가을이 온다고 합니다. 계절이 바뀌는 시점에서 축제이자 명절을 즐기는 것이지요.

홀리는 색색의 가루와 물총을 서로에게 뿌리며 즐기는 축제입니다. 색색의 가루로 온 얼굴과 몸을 뒤덮으며 무더운 여름을 잘 지내보자는 의미가 있다고 합니다. 하지만 서로 잘 모르는 지나가는 사람에게도 무작정 뿌리고 쏘는 것을 점점 싫어하게 되고, 옷을 망치고 젖는 불편함 때문에 즐기지 않고 집안에서 조용히 하루를 보내는 사람도 많아지고 있습니다.

디왈리는 우리나라의 추석과 비슷합니다. 가을 추수를 마치고 다가오는 가을, 겨울을 맞이하며 가족들과 선물을 나누고 음식을 만들어 먹는 명절입니다. 인도인들은 디왈리에 서로 선물을 교환하는 것과 폭죽 터트리는 것으로 스스로 축하합니다. 그래서 디왈리가 다가오면 모든 쇼핑센터, 시장에 온갖 선물포장이 쏟아져 나옵니다. 먹을 것부터 옷과 장난감, 생활용품 등 포장할 수 있는 것은 모두 포장해서 진열합니다. 디왈리의 가장 큰 문제는 폭죽입니다.

오래전에는 폭죽을 얼마나 많이, 높게 쏘느냐에 따라 그 사람의 능력을 평가하기도 했다고 합니다. 그래서 심각한 경우에는 한 달 월

급을 모두 디왈리 폭죽 사는 데에 사용한 사람도 있었답니다. 하지만 수많은 폭죽으로 공기 질에 나쁜 영향을 주기 때문에 몇 년 전부터 나라에서 강하게 금지를 하고 있어서 제가 지내는 동안 꽤 많이 줄어들었습니다.

처음 디왈리가 되었을 때는 폭죽 소리가 총소리처럼 들려서 무척 무서웠습니다. 그리고 폭죽은 하루만 터트리는 것이 아니라 디왈리가 다가오기 2주 전부터 시작하기 때문에 더 불편했습니다. 하지만 홀리나 디왈리 모두 어린아이들에게는 최고의 놀이가 되기 때문에 인도 아이들은 무척 즐거운 표정으로 축제를 즐기는 모습을 자주 볼 수 있었습니다.

4년간의 기억, 잊을 수 없는 경험, 특별했던 하지만 우연히 만난 달라이 라마

인도에서 지내는 동안 고아라는 남인도부터 다람살라라는 북인도까지 몇 곳을 여행해 봤습니다. 제가 가장 좋았던 곳은 다람살라였는데, 그곳은 인도의 북쪽이어서 인도인들보다 중국인과 비슷한 모습의 사람들이 많았습니다. 제가 그곳에 가던 날 우연히 달라이라마를 만나서 직접 사진도 찍었는데 그것은 잊을 수 없는 경험이었습니다. 처음에는 그분이 누구인지도 잘 몰랐지만 엄마·아빠로부터 엄청 유명하다는 얘기를 듣고 나중에 찾아보니 더 기억에 남게 되었습니다. 인도는 대부분 힌두교인데 다람살라는 불교인이 많다는 점이 놀라왔습니다.

고아는 인도의 남쪽인데 그곳은 인도가 영국에 지배당할 때 포르투갈에 지배당해서 힌두가 아닌 가톨릭이 굉장히 많았습니다. 도로 곳곳에 십자가와 마리아 상이 조그맣게 신전처럼 만들어진 것이 무척 인상적이었습니다.

누구라도 만약 인도 여행을 온다면 수도인 델리 근처에만 머무르지 말고 남쪽부터 북쪽까지 올라가 보길 추천합니다. 물론 땅이 넓어서 이동하기 힘들기도 하지만 각 지역마다 다른 특색과 분위기로 더 값진 경험을 할 수 있을 것입니다. 가능하다면 약간의 힌디어를 배워서 가면 더욱 좋습니다. 영어로 의사소통이 안되는 곳도 꽤 있으니까요!

인도의 자랑 타지마할을 배경삼고 달라이 라마를 만나는 기쁨까지...

인도에서 지낼 때에는 늘 한국에 오고 **싶었습니다.** 한국의 맛있는 음식, 맑고 신선한 공기, 깨끗한 하늘, 편리한 **교통,** 안전한 치안 등 모든 것이 더 좋은 우리나라가 최고다 생각했습니다. 하지만 막상 한국에서 생활하니 인도의 울퉁불퉁한 도로, 매캐한 공기, 길가의 동물들, 그곳의 학교도 자주 생각나고 그립습니다. 그동안 인도만의 매력과 향에 익숙해져서 꼭 한번 다시 그곳에 가보고 싶습니다.

양지원(동탄중 2)

첨 ; 언제였지. 조금 오래된 시간이었지. 가을빛 찬
란했던 오래전 기억 속의 아이는 여전히 곁에 있다.
여기까지 와 있는 시간은 흘러온 것이 아닌, 쌓여있
는 것들이다. 소멸하는 초록을 머금고 빛나는 청춘
으로 성장하는 지원이와 함께 한 모든 시간은 아름
다움의 '극치'다.

지하철에서 보내는 20분의 기회비용
-출근의 경제학

인천에 살고 있는 그는 이른 아침 출근하기 위해 지하철 1호선 또
는 공항철도를 타고 서울로 갑니다. 공항철도는 정차하는 역이 적기
때문에 비교적 빨리 도착할 수 있지만, 서서 가야 합니다. 반면, 1호
선은 느리지만 앉아서 갈 수 있습니다.

그 둘의 차이는 약 20분입니다.

그는 20분이란 시간을 포기하는 대신, 편하게 앉아서 갈 수 있는
1호선을 선택합니다. 과연 자리에 앉아서 편하게 출근하기 위해 어

느 정도 비용을 지불하고 있는지 궁금증이 생겨 화폐단위로 변경해봅니다.

2019년 최저시급을 기준으로 20분을 일하면 2783원을 벌 수 있습니다. 한 달을 기준으로 계산해보면 지하철에 앉기 위해 10만 원가량 보이지 않는 비용을 지출한 것입니다.

시간을 돈으로만 표현할 수 없는 법, 20분씩 한 달을 모으면 6시간 30분 정도가 됩니다. 이 자투리 시간을 모아서 영어 단어를 외우거나 경제공부를 했다면 자리에 대한 비용은 지금 계산한 것보다 격차가 더 크게 날 것입니다.

저 또한 이 이야기에 동의합니다.

제가 살고 있는 지역인 동탄 2지구에서 강남까지 1시간이 걸립니다. 이는 작년 겨울방학에 친구와 함께 출근시간에 가 본 시간입니다.

버스 안 풍경은 지하철과 크게 다르지 않았습니다. 핸드폰을 하거나 그게 아니라면 모두 잠을 잤습니다.

저는 이 1시간이 굉장히 아까워지기 시작했습니다. 하루 왕복 2시간, 주말을 제외해도 40시간 이상 버려지는 시간이 되는 것입니다. 이 시간이면 두꺼운 소설이나 자기 계발서 한 권을 다 완독하고도 남을 시간입니다.

그뿐이겠습니까? 그 시간 동안 뜨개질을 하거나, 영단어를 외운다면 훨씬 더 의미 있는 시간이 될 것입니다.

저의 등하교 시간도 이와 마찬가지입니다. 왕복 40분이면 한 달 동안 14시간 이상이 생겨납니다. 평소에는 몰랐는데, 이렇게 계산해 보니 꽤 많은 시간입니다.

지난 1학기 동안 75시간가량의 시간을 등하교에 썼습니다. 등하 교 시 대중가요를 듣는 대신 책을 읽어주는 라디오를 듣거나 영어 단 어를 들었다면 더 좋은 결과나 성과가 나오지 않았을까요?

평소에 작은 시간도 모이면, 큰 시간이 됩니다. 여러분도 얼마 안 되는 자투리 시간을 활용해 보세요. 나중의 자신에게 더더욱 도움 이 되는 시간이 될 것입니다.

〈오마니별〉은 어디에 떠 있나

몇 십 년 만에 만난 사람을 어떻게 해야 알아볼 수 있게 할까요? 만일 그게 바로 나라면 내가 살던 곳이나 다니던 학교 또는 상대와의 관계를 얘기했을 겁니다. 그렇게 하여도 기억이 나지 않는다 하면 내가 알고 있는 상대의 특징도 얘기했겠죠.

하지만, 조평안과 안나 리, 둘의 상황은 조금 달랐습니다. 조평안은 기억상실증에 걸려 전쟁 이전의 기억을 모두 잃은 상태였습니다. 심지어 자신의 이름까지도 기억을 하지 못했습니다. 안나 리 또한 한국에서의 안 좋은 기억들 때문에 한국말을 쓰지 않기로 결심, 통역이 필요할 정도였습니다.

결론적으로 두 사람 모두 부정적인 기억을 지움으로써 과거의 상처를 극복하려 한 셈이죠. 서로가 죽었다고 생각까지 하니, 서로를 알아보기에는 너무 힘든 상황이었습니다.

그런 두 사람이 감격적으로 만나게 된 것은 바로 '오마니별'이었습니다. 두 남매의 어머니가 숨을 거둔 그 겨울밤에 빈집의 무너진 천장 사이로 보이는 별 두 개를 보며 하나는 아바지별, 또 하나는 오마니별이라고 하며 잠든 것이죠.

그 둘이 서로를 알아봤을 때, 저도 감격함을 느꼈습니다. 서로를 못 알아보고 소설이 끝날까 봐 보는 내내 불안했었는데, 찾게 되어 너무 다행이란 생각이 들었습니다. 그러나 한편으로는 또 쓸쓸하기도 했습니다. 아직도 이산가족 상봉을 하지 못한 사람들이 정말 많습니다. 다신 보지 못하는 가족들이 얼마나 그리울까 전 상상조차 할 수 없겠죠.

김원일 작가는 과연 무엇을 전달하기 위해 썼을까요? 독자마다 느끼는 감정과 뜻은 다르겠지만, 한 가지 공통된 것은 전쟁이 다시는 일어나지 말아야 한다는 것이 아니었을까요?

저는 정말 진심으로 평화가 중요한지, 전쟁을 통한 이득이 더 중요한지 여러분에게 묻고 싶습니다. 모든 사람들의 대답이 평화가 더 중요하다고 말하는 세상이 되었으면 합니다. 적어도 같은 민족인 우리는 그래야 하지 않을까요.

언어의 마술사, 김승옥 〈서울, 1964년 겨울〉

1960년대에 많은 사람들이 '무력감'을 느끼고 자살했다고 합니다. 김승옥 작가님도 아마 이런 것을 배경으로 두신 것 같습니다. 저는 이야기의 맨 처음 앞부분을 봤을 때, '사람의 마음과 감정을 이렇게나 자세히 묘사하다니'하며 놀랐습니다. 그의 필체에서 느껴지는 무뚝뚝함과 고독함이 이야기와 매우 잘 어울렸습니다.

이야기의 중반부에는 어떤 아저씨가 나타납니다. 글에서는 '가난뱅이 냄새가 나는' '빈약하게' '새빨간 눈시울'이라고 하며 그의 궁색한 차림을 표현했죠. 그가 왜 눈시울이 빨간지, 즉 왜 울었는지 궁금해졌습니다. 저의 궁금증은 얼마 안가 풀렸습니다.

그의 아내가 바로 그날 낮에 죽었다고 한 겁니다. '그는 이제 슬프지도 않다는 얼굴'로 얘기했다고 할 때, 순간적으로 느껴지는 허탈하고 우울한 감정이 컸습니다. 아내를 4000원에 팔았다고 했을 때도 그 감정을 느꼈죠.

전 압니다. 슬프지 않은 표정으로 하는 슬픈 얘기는 그 상처가 다 아물었음이 아닌, 더 이상 슬퍼할 힘도 없거니와 우는 것도 귀찮은 것이기 때문입니다. 마지막에, 결국 아내를 잃은 남자는 여관에서 자살을 하고 맙니다.

처음에는 "왜 굳이 죽기까지 해야 했을까?" 했지만, 아내라는 존재가 그 남자의 돈을 벌고, 여행 다니며 행복하게 살 유일한 이유였

음을 알았을 때에는 충분히 그럴 만도 하다고 생각하게 됐습니다.

책의 마지막 부분에 남자 2명이 죽은 시체를 그냥 두고 빨리 떠나는 장면을 보며, 다른 사람들도 살기 위해 죽지 않는 게 아닌 죽지 못해 산다는 감정도 느꼈습니다.

사람들이 말합니다. 삶의 이유가 없을 때는 자신이 삶의 이유와 목표를 세우라고. 그래야 행복할 수 있다고. 허탈감과 무력감의 서울 1964년 겨울, 요즘과도 많이 비슷하다고 느껴집니다.

도자기의 이름이 독특하지?

'청자진사연화문표형주자','분청사기조화절지문편병', 청화백자매죽문호'등 어디서 끊어 읽어야 하는지도 모르는 것들은 바로 리움미술관을 대표하는 우리의 아름다운 도자기 이름입니다.

이름이 너무 길어서 잘 모르시겠다고요? 그렇다면 도자기에 이름이 붙여지는 방식을 알려드리겠습니다. 일단 맨 앞에 어떤 종류의 도자기인지 붙입니다. 두 번째로, 도자기에 쓰인 기법을 붙입니다. 세번째, 도자기에 그려져 있는 무늬 이름을 붙입니다. 마지막으로 도자기의 쓰임을 붙입니다. 이래도 어려우시다고요?

예를 들어보면 이해가 더 잘 되실 겁니다. '청자진사연화문표형주자'는 붉은색 안료인 진사 기법을 쓴 연꽃무늬 표주박 모양 청자 주전자라는 뜻입니다. 국보 제133호로 연꽃을 소재로 하여 예술성과 창의성, 호화로움이 돋보이는 작품입니다. 리움미술관의 대표적 고미술 작품이며 보존상태도 꽤 좋은 편이였다고 합니다.

'분청사기조화절지문편병'은 흰 화장토를 바른 도자기에 꽃가지를 꺾어놓은 무늬를 새겨놓은 후 흰 분을 바른 청자라는 뜻입니다. 여기서 편병이란, 몸체가 동그랗게 되도록 물레로 만들어준 후 옆면을 두드려 평평하게 만든 병입니다.

'청화백자매죽문호'는 청화 안료를 쓴 매죽문 무늬 백자 항아리입니다. 국보 제219호이고 조선 15세기에 만들어졌습니다. 여기서 청화 안료란 중국을 거쳐 수입된 페르시아산 코발트 안료로 푸른빛을 띱니다. 그 값이 금보다도 비싸 왕실용 백자의 제작에만 사용하도록 법으로 엄격히 규제되어 있었다고 합니다.

초기의 청화백자 중에서도 당당하고, 화려한 그림으로 널리 알려져 있는 최고의 도자기입니다. 청화백자의 제작 기술이 중국에서 조선으로 오게 되면서 조선백자가 새롭게 발전하는 과정을 보여주는 대표적인 예입니다. 학술적으로도, 예술적으로도 매우 가치가 높은 작품이랍니다.

이렇듯 옛 선인들이 만든 작품에 이름이 붙어 마치 그 시대를 공유하는 듯한 느낌이 들어 더욱 애착이 갔습니다. 도자기에 이름을 붙여 종류별로 나누고 이름만 보아도 어떤 도자기인지 알 수 있도록 만든 것이라고 합니다.

'아는 만큼 보인다.'라는 말이 있습니다. 이름을 알고 뜻을 알고 작품을 만나게 되면, 우리의 옛 작품과 유물들이 더욱 친숙하게 다가올 것입니다. 우리 흙으로 빚은 우리의 도자기들이 국립박물관, 간송미술관과 더불어 리움미술관 등등 많은 곳에 전시되어 있습니다. 기회가 되면 꼭 방문하라고 추천드리고 싶습니다.

문화재 보존과학을 전공하고 싶은 저에게 미술관 관람은 숙제가 아닌, 흥분되고 행복한 장소였습니다. 우리의 것들을 지키고 수호하겠다는 의지를 가진 사람으로서 이번 미술관 관람이 정말 의미 있었다고 생각합니다. 평소 바쁜 일상 탓에 갈 수 없었던 미술관을 갈 수 있는 기회를 만들어 주셔서 감사하다고 말씀드리고 싶습니다.

내가 사랑하는 문화재 이야기

리움미술관에 '달 항아리'라고 불리는 백자가 있다. 백자의 모양이 달처럼 둥그레 생긴 이름이다. 하지만, 백자라는 이름과 걸맞지 않게 군데군데 얼룩이 보였다.

'너무 오래되어서 그런가? 그렇다면 변색될 수 있지.' 라고 생각했다. 알고 보니 미술관에 오기 전에 백자를 소유했던 사람이 간장 또는 기름을 부어 나서 그게 밖으로 스며들어서 생긴 얼룩 자국이라고 했다. 귀한 백자에 얼룩이 져 있으니 그 백자는 특별한 달 항아리가 됐다고 생각한다.

그것을 다른 사람에게 팔려고 했으나, 구매하려는 사람이 '얼룩을 없애서' 달라고 부탁했다고 한다. 그럴 바엔 차라리 팔지 않겠다고 했다는 것이다. 그런데, '백자가 귀하고 굉장히 비쌌을 텐데, 왜 거기에 그런 것들을 부어 놓은 거지?'라는 의문이 들었다. 그러다가 '아 옛날이었으니까, 몰랐을 수도 있었겠구나!' '몰라서 그냥 항아리인가 보다 하며 부어 놓았었던 거구나!'라고 생각했다.

그럼 그렇지, 지금이라면 백자에 간장이나 기름을 붓는 일은 상상도 할 수 없다. 그 일은 우리나라의 소중한 문화재인 백자를 함부로 대하고 훼손시키는 행위이기 때문이다.

소중한 문화재인 줄 알면서도 훼손시키는 사람들이 있다. 가장 유명한, 전 국민이 다 알만한 문화재 훼손 사건으로 하나를 꼽자면 바로 우리나라 국보 1호인 숭례문의 화재였다. 국보 1호가 너무나도 허무하게 전소된 것을 생각하면 정말 화가 나고 슬프며, 안타까운 마음이 든다. 복원하는 데만 꼬박 5년이 걸렸다.

이뿐만 아니라, 수원 화성의 성벽을 자세히 보면 매직이나 사인펜의 낙서, 심지어는 파여 있는 낙서들도 정말 많다. 'OOO 왔다 감, OO 사랑, 대박'등 쓸데없고 이상한 내용의 낙서들이다. 그 성벽이 그저 돌이라고 해도 그것은 문화재 '유적지'이다.

'간송 전형필'을 아는가? 그는 1906년 당대 최고 갑부의 아들로 태어나 우리 문화재를 수호하겠다는 확고한 의지를 가지고 경매 등을 통해 문화재를 모았다. 우리의 소중한 문화재들이 일본, 미국, 프랑스 등 다른 나라들로 팔려 나가는 막기 위해 자신의 전 재산으로 지켰단 인물이다.

'박병선 박사는 어떠했던가?' 프랑스 국립도서관 수장고에서 직지 심체요절 및 외규장각 의궤를 발견하고 나서 우리나라로 반환받기 위해 헌신을 다하셨다. 덕분에 '직지 대모'라는 별명을 얻었다.

많은 우리의 문화재들이 잊힌 채 떠돌고 있다. 이런 일들이 정말 안타깝다.

그래서 설령 내가 돈으로 문화재를 수집하진 못해도 나름 우리 문화재를 지키겠다는 확고한 의지를 가지고 '문화재 보존 과학자'가 되기로 결심했다. 말 그대로 문화재를 수리, 보존하는 기술자이다. 문화재가 훼손되었을 때에 잘 복원해서 많은 사람들에게 '이런 문화재가 있어요.'라며 알려주고 싶다.

사람들이 문화재와 유적지에 더 큰 관심을 갖기를 바란다. 사랑하자! 우리 문화재를 지켜야 할 임무는 우리 모두에게 있다.

인류의 역사를 바꾼 화폐

　인류의 역사를 바꾼 위대한 발명품 중 하나는 '화폐'라고 할 수 있다. 화폐는 모든 사람이 그 가치를 잘 알고 있는 표준화된 '가치 척도'이다. 예를 들어 "그 가방은 얼마야?" 라고 물었을 때 명품 가방이라면 명품 가방의 가치만큼인 "300만 원이야" 라고 표현할 수 있고 책가방이면 책가방의 가치만큼인 "2만 원이야"라고 표현한다. 이렇게 얘기하면 상대방은 큰 어려움 없이 그 물건의 가치를 알아낼 수 있게 된다. 화폐의 가치척도 기능은 가치를 설명해야 하는 수고를 덜어준다.

　화폐의 '가치저장' 기능은 사람들이 자신이 하는 일에 더 집중하고 효율을 낼 수 있게 한다. 과거, 자급자족 생활을 하던 시절에는 아무리 사냥을 많이 해도, 농사를 잘 지어도 오래 보관할 수 없어서 딱 필요한 만큼만 생산했다. 화폐가 생겨나면서 자신의 생산 활동 결과를 안전하고 아주 오랫동안 영구적으로 보관할 수 있게 된다. 그렇게 되자 사람들은 자신이 평생 쓰고도 남을 만큼 많은 양을 생산하려고 한다. 화폐는 그 가치를 변하지 않고 영구적으로 보관할 수 있기에 많은 사람들이 많이 가지려고 한다.

　최근 베네수엘라는 경제적 어려움을 크게 겪고 있다. 정부의 재정 적자와 돈을 늘이거나 줄이면서 경제수준을 조절하는 정책인 통화 정책 실패로 화폐의 가치가 갑자기 급락해서 물가가 몇 백배 이상 상승하는 상태인 '하이퍼인플레이션'을 경험하고 있다. 화폐가치가 걷잡을 수없이 폭락해 최근 살인적인 물가 상승을 경험하고 있는 베네수엘라를 통해 화폐의 중요성을 뼈저리게 느꼈다.

화폐는 현대의 경제 시스템을 유지하고 인류의 생산성을 높이며 삶의 질을 높이는데 기여했다. 비트코인을 기억하는가? 비트코인은 중앙은행이 아닌 블록체 기술을 기반으로 한 '가상화폐'이다. 가상화폐는 은행이나 정부에서 통화정책을 펼쳐주지 않아 가격 변동성이 매우 크다. 가상화폐는 가격 변동성이 커 아직은 화폐로 쓰기엔 어려움이 다소 많다.

평소 화폐는 그저 종이돈일 뿐 큰 필요성을 느끼지 못했다. 화폐가 한 나라의 경제를 손쉽게 쥐락펴락할 수 있는지 처음으로 알게 되었다. 화폐를 통해 가상화폐가 얼마나 불안한 것인지도 알게 되었다. 많은 사람들이 화폐의 기능들을 알아서 부작용을 피하면 좋겠다.

아는 것이 힘이고 알아야지 더 잘 살 수 있음을 다시금 느낀다.

1929년 대공황, 경제학이 놀라 자빠졌다?

경제의 역사에 기록된 가장 큰 시련은 1929년 대공황이다. 1차 세계대전 이후 미국 경제는 투자기회가 고갈되고 세계 각국의 보호무역주의가 심해지면서 불황이 되었다. 미국에서 발생한 경기 침체는 전 세계로 퍼져나갔다.

실업률은 25%까지 상승했고 경기가 3년 동안 끊임없이 추락하면서 국민소득은 반으로 줄어들었다. 한국이 겪은 가장 큰 경기 침체인 1997년 외환위기 때 실업률이 8%인 것을 생각하면 당시 미국이 얼마나 참혹했는지를 알 수 있다.

상점에 상품이 팔리지 않자 기업들은 고용을 줄였다. 실업률이 상승하자 실직한 가정은 소득이 끊기자 소비를 줄였다. 그렇게 상품 판매가 되지 않자, 기업들은 또다시 고용을 줄이는 악순환이 계속된다.

이때 대공황이 나아지지 않자 지켜보던 케인스는 정부가 적극적으로 나서서 일거리를 만들어야 한다고 주장한다. 인력을 많이 필요로 하는 공공사업을 추진하면 가계는 상품을 소비할 여력이 생기고 기업은 투자와 고용을 증가시킨다.

케인스의 주장은 '경제가 좋지 않으면 낭비라도 하며 소비를 해야 한다'는 거시경제학이다. 소비를 해야지 경제가 돌아간다는 것이다. 그렇지만 과연 소비를 해야지만 경제가 돌아갈까?

경제는 2가지로 나뉜다고 생각한다. 개인의, 개인을 위한 경제와 공동체의, 공동체를 위한 경제로 말이다. 공동체의 경기가 좋지 않으면 개인의 경제를 위협하는 행위인 '낭비'를 해서라도 공동체의 경제를 살리라는 뜻으로 해석되기 때문이다. 개인의 경제를 희생하면서까지 공동체의 경제를 살리려 한다면 나중엔 모두 다 무너져 내리게 될 것이다. 소비를 하는 것만이 경제를 살리는 방법은 아니라고 생각한다.

불황의 시작은 소비가 줄어드는 것도 있지만 그로 인해 고용을 줄이는 기업에도 문제가 있다고 생각한다. 소비가 줄어드는 이유는 두 가지이다. 고용을 줄여 실업률이 높아질 때와 기업이 상품에 투자를 하지 않아 사람들이 상품을 사지 않을 때이다. 그렇다면 경제 불황이 있을 때마다 기업은 고용을 높이고 투자를 해야 한다. 실직자가 생겨나지 않고 물건을 살 수 있게 만들어야 한다. 기업의 한순간의 이익을 위해 고용을 줄이면 나중엔 결코 기업에게도 좋지 않다.

경기가 좋지 않을 때 가장 크고, 먼저 피해 보는 사람은 바로 국민들이다. 그런 국민들에게 낭비까지 하며 경제를 도우라고 하는 것은 터무니없는 짓이라고 생각한다. 기업이 고용을 높이고 정부가 통화정책을 잘 세우면 경제는 다시 잘 살아날 것이다. 앞으로도 기업은 상품이 팔리도록 노력하며 국민은 자신의 경제를 돕는 경제활동을 하는 '조화'를 이루며 더 나은 경제를 이루길 바란다.

바르게 살기 위한 몸부림, 치숙의 삶

이 작품은 관념주의적인 '아저씨'와 개인주의적인 소설 속의 '나'를 통해 '우리는 어떤 것을 삶의 기준으로 삼으며 살아가야 할까?'를 깨닫게 하려는 것 같다. 아저씨는 자신이 배운 사회주의 이념대로 나라와 세상이 돌아가야 한다고 생각한다. 반대로 '나'는 사회적 성공을 이루고 싶어 해서 창씨개명을 하고 일본인으로 살아서 풍족하게 사는 게 꿈이라고 한다.

'아저씨'처럼 OO 주의에 대해 제대로 배운 적도, '나'처럼 사회적 성공을 위해 열심히 일해보지도 않은 나에게는 이 둘의 행동은 결코 도덕적으로 보이지 않는다.

철학에 대해 공부할 때마다 도덕적인 것을 너무 많이 따지는 것 같아서 마음이 불편한 적이 여러 번 있었다. 예전부터 선생님께서 나를 보시며 "너는 너무 중립적이다! 너의 생각을 분명히 해라!" 라고 말씀하신 적이 많다. '무슨 일이 있어도 나는 반대이다, 찬성이다'는 현실적으로 말이 되지 않는다고 생각한다. 우리는 인간으로서 사람 구실을 제대로 해야 하고 제대로 된 사람 구실 중 하나가 바로 상황에 맞게 행동하는 것이다.

'아저씨'네 가정은 심각한 생활고에 처해 있다. 아내를 도와주지 못할망정 자신의 관념만을 내세우는 행동이 상황에 맞는 행동이라고 생각하는가? 자신의 말로는 나름 열심히 살아간다고 하지만, 내 눈에는 배웠다는, 내가 더 잘 안다는 허튼 자신감으로 밖엔 보이지 않는다.

'나'의 생활은 크게 잘못했다고 할 수는 없지만, 사회적 성공을 위하여 하려는 행동들이 옳지 않다. 작품이 쓰인 시기는 1920년대부터 30년대쯤으로 일제에게 식민통치를 받던 때이다. 개인주의적 성향을 가진 '나'는 오로지 자기 자신이 잘 먹고, 잘 살기 위해 나라를 버리고 일본인이 되려 한다. 고작 잘 살기 위해, 사리사욕을 채우기 위해 민족의 자존심을 버렸다는 사실이 용납되지 않는다.

이런 '나'를 보고 있자니 최근의 '일본 불매운동'을 하지 않는 사람들이 생각난다. 불편하고 귀찮다고 내가 굳이 해야 하냐고, 나라가 국민한테 해준 게 뭐가 있냐며 불매운동하기를 꺼려 한다. 제발 그러지 않았으면 좋겠다. 자신만을 생각하는 이기적인 사람들이라고 할 수 있다. '나'는 이기적이다. 우리는 하루에도 몇 번씩 고민과 갈등을 하며 살아간다. 관념대로 살기엔 고지식해 보이고, 이기적으로 살기엔 양심이 허락하지 않는다.

'치숙'과 이 글이 많은 사람들의 가치관 확립에 조금 더 도움이 되길 바란다. 우리가 어떻게 살아가야 하는지, 생활을 어떻게 해야 할지 혹시 나의 가치관이 다른 사람들에게 피해를 끼치지는 않는지 너무 관념적이거나 개인적이진 않았는지 다시 한번 생각해보면 좋겠다.

교 문 지 도

매일 교문지도 해 주시는 선생님
고함지르며 혼나는 모습이 무섭다
치마를 줄여 입지도,
사복을 입지도 않았는데
괜히 위축되어 내 모습을 훑어본다

그러다
"거기 너"
라고 하면 나를 부른 줄 알고
깜짝 놀란다

걸린 적은 없지만
매일이 긴장되는 교문통과이다

안 경 알

"손님! 시력이 마이너스여서
　　안경알이 두꺼워졌어요!"
내 시력이 마이너스라니
그보다 더 충격적인 건 두꺼워져
무거워진 안경알이다
3번을 압축했는데도 두꺼운 안경알에
코가 내려앉는 것만 같다
안경테 1만원, 압축 3번한 값 9만원
합해서 10만원
무거워진 안경알만큼,
만원이 10장이나 필요한 만큼
시력이 나빠진 것만 같아
마음이 무겁다

126

학 생 증

죽을 때까지 흑역사라는
졸업사진과 학생증사진
졸업앨범이야 집에 숨겨두면
이사갈 때까지 볼 일은 없겠지만
학생증은 매일매일 도서 대출을
할 때마다 봐야 하니 괴롭다
필통 안에 꼭꼭 숨겨두지 않으면
친구가 보게 된다

학생증을 사수하라

너의 흑역사를 지켜라

길, 봄

새 학기 첫날,
학교로 가기 위해서 길을 걷는다.
봄이지만 꽃샘추위 때문에
온 몸을 꽁꽁 싸매고 나온다.
아침 8시, 아침의 한산함과 고요함이
좋아 집에서 일찍 나오는 날
엄마는 너무 빨리 가는것 아니냐며 걱정하신다.
해가 완전히 나오지 않아 조금 스산한 길은
새벽의 상쾌함과 아침의 활기참을 느끼게
해준다. 등교하는 나에게 유일한 낙이라
할수있다. 좋아하는 노래를 들으며 학교로
향하는 길은 봄바람과 함께 가는듯한
기분이 들어 외롭지 않다.

이재원(백현중 2)

첨 ; 맑다. 웃음이……. 푸르다. 목소리가……. 조용하게 존재의 안부를 물어주는 아이, 따스함이 잔뜩. 그래서 더 사슴 같은 눈망울이 오롯한 아이. 색(色)을 통해 빛을 발휘(發暉) 하는, 아름다운 아이는 시나브로 청년으로 진화한다. 애틋함과 그리움으로 기억되는 너의 안부를 다시 묻는다.

우리할머니

우리할머니

늘 나를 보며
하시던 말,
늘 나를 쓰다듬으며
하시던 말,
늘 내 등을 토닥거리며
하시던 말,
착하구나 ~

병원에서 흔들리는 손으로
날 반기며 하시던 말,
내가 너무 그리운 그 말,
착하구나 ~

꿈속에서라도 만나면
다시 듣고 싶은 말,
착하구나 ~

보고 싶은 할머니
사랑해요 할머니

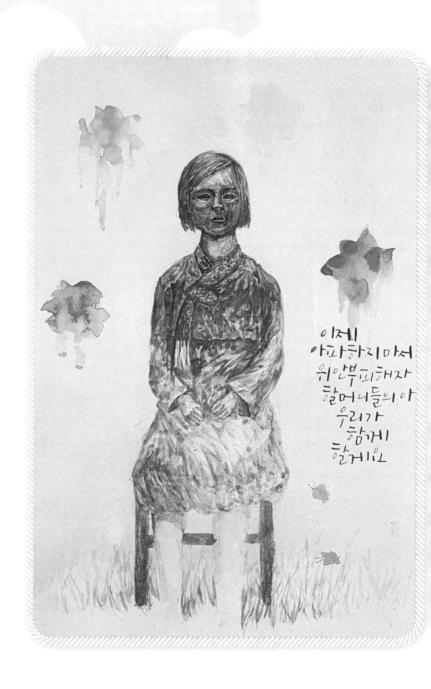

이제
아파하지마셔
위안부피해자
할머니들의아
우리가
함께
할게요

네 소원이 무엇이냐 하고 하느님이 물으시면 나는 서슴지 않고, "내 소원은 대한독립이요" 하고 대답할 것이다. 그 다음 소원이 무엇이냐고 하면 나는 또 "우리나라의 독립이요" 할 것이요. 또 그 다음 소원이 무엇이냐 하는 셋째번 물음에도 나는 더욱 소리높여서, "나의 소원은 우리나라의 완전한 자주독립이요" 하고 대답할 것이다.

김구 선생의 '나의 소원' 중에서

백범김구

이영하(안용중 2)

첨 ; 시간은 멈추지 않는다. 품속으로 파고들던 시
간은 흩어진다. 그 속에서도 여전하다. 참, 한결같
다. 이토록 맑게 성장하는 것은 축복이란다. "넌,
이 넓은 우주에서 가장 소중한 존재란 말이야." 그
래, 딱 어린 왕자의 모습이란 말이지. 함께 별을 보
고 싶은 아이가 벌써 이만큼 자랐다.

전학생을 돕다

학교에 전학생이 왔다. 그녀는 외모가 상당이 뛰어나서 친구들도
금방 많아졌다. 어느 날 한 소년이 왕따 당하고 있는 것을 포착했다.
그녀는 물었다.

"쟤는 왜 괴롭힘당해?" "아~쟤 한쪽 눈 안 보이잖아 쟤랑 친하게
지내지 마" 그녀가 다가갔다. 손을 탁! 잡고 나갔다. "왜 도와주는
데.. 동정심이면 저리 가" "동정심 아니야 우리 엄마도 그래"

모든 게 이해가 갔다. 어쩌다가 양쪽 부모님한테 이야기가 가서 부
모님들끼리도 친해졌다. 그 후 따가운 시선이 학교에서 느껴졌지만
둘도 없는 친구가 됐다.

"도움 줘서 고마워"

시장으로 간 배

아침마다 배를 먹는다

오늘도 평소와 같이 배를 가지러 갔다

배가 없다

어제 분명 배가 있었는데 없다. 마당을 보니 배가 반 토막 난 채로 파여 있었다

길고양이 녀석. 아니 근데 고양이가 배를 먹었던가?

그것보다 어떻게 깠지?

의문을 품고 아침식사를 했더니 어느새 낮이 되어 있었다

배를 다 먹었으니 거기 어디냐

재래시장에 배가 10개에 8000원이던데 거기로 가야겠다

겨울 길

눈이 소복이 쌓인 아침 6시 길이다

내가 첫 번째 발자국을 남길 생각을 하니 좋다

보드득 소리가 나니 정신이 맑아진다

다음 연도에도 첫 번째 밟는 주인공이 돼야지

삶은 누구나 모르는 것이다

삶은 누구나 모르는 것이다.

엄청나게 건강하시던 분이 다음날 돌아가시고,

한 달 안에 돌아가실 거라 했는데 3달을 넘게 사시는 분들이 많다.

삶은 누구나 마음대로 못하는 듯하다.

참자

제일 더울 시기인 7월
가만히 있어도 땀이 줄줄
조금만 참지, 2달만 참자
그럼 신선한 가을이
시원하게 해줄거야

제일 추울 시기인 1월
가만히 있으면 몸이 덜덜
조금만 버티자 2달만 버티자
그럼 따뜻한 봄이
감싸줄거이다

푸른 하늘

아침에 일어나니
푸른 하늘 햇살이
나에게 비친다
오늘은 피곤하지 않다

보통이라면
다시 잠들텐데
전혀 피곤하지 않다

오늘은
어디라도 나가야지

감성 파괴자

새벽 한시
잠이 안 온다
산책을 나가기로했다
벤치에 앉았다
하늘을 보니
별이 반짝인다
북두칠성 천칭자리
별이 움직인다
비행기 구나

감성을 깨본다

불공평한 시간

시간은
왜 이렇게 불공평 한가

학교에 있을 때는
40분이 4시간

친구와 있을 때는
40분이 4분

시간은
너무 불공평하다~

김태현(늘푸른중 2)

첨 ; 책을 읽는 아이는 소년으로 자랐다. 초롱으로 물든 시간을 달려왔다. 바람과·냄새와·빛의 분산과·나무의 속삭임을 듣고 온 소년은 여전히 일모도원(日暮途遠)의 기세다. 물이 빠지면 섬으로 가는 길이 열린다. 책으로 소통한 시간의 흔적이 아름다운 이유는? 태현이가 만들었기 때문이란다.

행복하다고 말해요

우리는 여행을 좋아한다. 왜냐하면 여행은 행복을 안겨주기 때문이다. 난 여행이 우리 머릿속 기억 종이에 강렬한 선을 긋는 일이라고 생각한다.

우리의 기억 속에 오래오래 기억될 추억이기 때문이다. 또한 언제나 여행을 갔을 때 사람들의 두 눈은 반짝반짝 빛난다. 알쏭달쏭하고 우리의 머릿속 뇌를 구르게 만드는 '새로움'이 존재하기 때문이다. 예를 들면 약 2년 전에 간 오키나와 여행이 있다. 우리 네 가족 나, 엄마, 아빠, 동생이 갔다. 일본의 문화는 우리나라 문화 하고는 많이 달랐다. 일본 시내를 돌아다니며 일본인들이 일본어를 쓰는 것을 보는 것도 매우 재미있었다.

　또한 일본 음식은 매우 느끼하였지만 느낌이 새로워 나에겐 그저 신선했다. 여행은 우리에게 매우 많은 배울 점을 주는 것 같다. 이러니 다음 여행의 기다림은 그저 설렘뿐이다. 미래의 여행들을 생각하면 가슴이 벅차오를 것만 같다.

뒤

뒤는 힘들다
앞을 빛나게
해줘야 되기 때문이다

뒤도 빛나고 싶다
하지만 묵묵히
아무 말 않고 지켜본다

뒤는 힘든 시작과 결과로
가는 과정에 있다
앞은 뒤의 힘든 고난과 노력에 대한
결과일 뿐이다

겉보기로는 앞이 뒤보다 훨씬 멋지다
하지만 겉껍질을 벗겨보면
완성된 "뒤"가 나온다

사 랑

정확히 알 수는 없지만
강렬한 마음속의 울림
두근거리는 떨림

가족을 향한
친구를 위한
모두를 배려하는 마음

누군가를
조중하고
응원하고
존경하는것

내 가슴속 포근하고
아름답게
잠들어 있는 감정

그것이 사랑이다

천사

반짝반짝 별이 빛나는 밤
사람들에게는 보이지 않는
천사가 날아간다

달빛에 부딪쳐 창문들이 빛난다
천사는 아이들에게 행운들을
갖다 주는 길이짰다

드르륵! 천사가 창문을 열어
한집으로 들어간다

그집에는 먼 꿈나라에 가 있는
아이가 쿨쿨 자고 있다
천사는 그 아이에게 "행복" 이라는
행운을 주었다

"행복"을 받은 아이는 뭐가 그리 좋은지
생글생글 웃는다

이제 천사는 다음 아이를 찾아
날개를 펴고 날아간다

천사는 간다
너에게로

미래를 위한 과거

과거는 우리 인간들에게
정말 많은 감정들을 느끼게 한다-

과거가 그리울 때
그때를 보면 웃으면서도
눈물이 찔끔찔끔 나온다-

그날의 추억을
조금이나마 더 기억해 보고 싶기
때문이다-

옛 지인들의 얼굴
정신없이 보고 또 본다-
충분히 오래 봤는데도 부족하다-

그만큼 과거는 중요하다-
우린 인생을 알차게 살아야 한다-
그래야지만 행복한 과거를 보며
미래의 내가 웃을 수 있기 때문이다-

미래를 위한 과거가 만들어진다-

조해솔(수일여중 2)

첨 ; 새로운 풍경은 상큼하다. 가버린 시간은 아련하다. 제법 오래된 기억 속의 소녀는 푸른색이었다. 빛을 받은 소녀는 이만큼이나 자랐다. 흐르지 않는 세월은 없다지만, 느리게 흘렀으면 싶다. 그래야만 소녀를 예찬하며 글을 쓸 테니까. '까만 눈동자 살포시 들어 먼 하늘의 별빛을 모아두고 싶다.

제 인생에 답이 없어요

훤히 봐도 요즘 10대 청소년들이 쓸 만한 말들, 추잡해 보이기도 한다. 하지만 적어도 내 눈에는 다르게 보인다. 그 점을 이용해 10대들에게 다가가려는 의도 같다. 10대가 좋아하는 유튜브 크리에이터가 직접 인생, 꿈에 대해서 충고를 해준다는 것은 의미 있다.

작가의 의도도 그렇다. 자신이 정말 쓰고 싶은 것을 썼다고 하였더라, 사실 10대를 노린 것이 아닐 수 있다. 오히려 일기일 수도 있다. 흥미롭지 않은가? 독자가 아닌 자신을 위해 쓴 책이라는 가능성을 말이다.

이 책은 보고서, 아니 더 나아가 하루하루 **몇 줄씩 쓰는** 일기장이 될 수 있다. 선 바는 책 속에서 평소에 있을 수 있는 일들, 갈등들에 대해 써가며 그저 자기 방식대로 행복하게 해결하는 방법들을 제시해 나간다. 그럼으로써 우리는 어릴 적 일기장을 훔쳐보는 기분일 수도 있는 거다.

그러면서 삶의 지식, 지혜를 조금씩 더 알아가는 것, 그것이 이 책의 진리가 아닌가 싶다. 작가가 의미를 부여하지 않았더라도 의미를 찾아내는 것이 독자의 역할이니 말이다. 피식 웃으며 보던 책인 거 같다.

〈우상의 눈물〉속에 가려진 짠한 행복추구?

세상은 비리로 가득 차있다. 심한 곳은 가족조차도 믿지 못하는, 그런 시대가 되었다. 신은 우리에게 창조하고, 나눌 능력을 주었지만, 우리는 이를 역이용하여 세상을 비리로 가득 채워버렸다. 그리고 나누질 못할, 차라리 바퀴벌레만도 못한 존재가 되어가고 있다.

하지만 가끔 올바른 이들도 보인다. 끝도 없는 어둠 속, 빛은 가려지는 법. 보이지 않는다. 이것이 문제다. 우리 사회는 지금이라도 선과 악을 구별할 줄 알아야 한다. 전 세계가 그렇다. 언젠가는 작은 빛들이 수십 개, 수백 개, 수천 개가 모여서 어둠을 가려야 할 차례가 올 것이다. 우리가 살아있을 때가 아니더라도, 언젠가 이루어질 화양연화를 꿈꾸며 노력하는 것이다.

사실 난 지금 행복한 것 같다. 미래의 학업, 진로, 일자리 등이 걱정되더라도 오늘만, 오늘만이라도 행복하면 그것은 행복한 인생이라고 난 생각한다. 행복한 일이 있었을 때, 나중에 "아, 그때 재미있었지." 라고만 생각나면 되는 것이다. 그것이 내 인생이었고 즐거움이다. 내가 이 책을 만드는데 참여한 이유 중 하나도 그중 하나이다.

겨우 14세 밖에 되지 않은 내가 이 글로 누군가의 마음을 움직일수 있다면 몰라도 나는 참여하는 것에 의의를 두고, 행복하려고 참여를 하였다. 뭐 이것도 경험이 될 테니 말이다. 우리 인생의 목표 그것은 삶의 편안함, 즉 그것은 행복, 즐거움이다. 나는 어른이 돼서도 이를 목표로 잘 살아가고 싶은 마음이다. 독자 여러분도 그렇게 살아갔으면 하는 마음이다.

소리쳐야 하는 이유에 대한 증명, 〈이유를 위하여〉

　인생을 사는 것, 누군가에게는, 큰 의미로 다가오지만, 누군가에겐 어쩔 수 없이 오는 의미이기도 하다. 이런 점을 보면 어린아이들은 참 신기하다. 머릿속이 온통 기쁨, 행복으로 가득 차 공터를 뛰논다. 두려움과 슬픔도 그들 앞에서는 호기심으로 다가온다. 그렇다고 그들이 영원히 행복하지 않는 것은 아니다.

　그들도 언젠가는 그 마음이 화살에 꿰뚫릴 수 있는 계기가 올 것이다. 그 계기는 크고 작을 수 있다. 나도 그랬다. 산타가 있음을 굳게 믿었지만 그것이 변장한 아빠임을……. 그때부터였을까, 모든 것들이 다르게 보인다. 코끼리로 보이던 버스가, 솜사탕 같던 구름들도, 기린같이 크던 빌딩들도 이젠 소용없다. 모든 것이 어른들의 아우성 같았다. 가끔은 그런 고민도 했다. 내가 어른이 되는 것이 무서울 때가 있다.

　인간으로서 행복할 수 있을까……. 휴. 의문이 든다. 슬픈 인생을 사는 이들이 안타깝다. 나는 내가 어른이 돼도 어릴 적 행복을 마음에 머금고 살아가고 싶다.

스페인에서 마음껏 누려 본 해솔이의 자유

이번 여행은 학생으로서 큰 의미가 있었다. 자 그럼 이제 내 여행기를 이야기해보자 한다. 우리가 여행을 하게 된 계기는 꽤 복잡하지만 이 한마디가 여행을 떠나게 만들었다.

"우리 여행 갈 거야". "네" 이 말에 의문을 품을 수 도 있다. 보통은 가족이 상의해서 떠나는 경우가 많을 테니 말이다. 하지만 우리 집은 이게 일상이다. 그렇게 함께 여행을 가게 된 일원들은 나, 엄마, 친한 이모, 친한 오빠였다. 이 그룹은 전에도 함께 여행을 다니던 일행이다. 그만큼 더 즐겁게 느껴졌다. 가져가는 것으로는 기본적으로 옷, 한식, 등의 물품을 챙겨갔는데 우리가 서양 음식보다는 한식을 좋아하는 편이라 생각보다 더 많이 챙기게 된 듯하다.

고흐의 '별이 빛나는 밤'의 배경인 '노란카페'와 로마의 수로교

그렇게 비행기를 타고 10시간 정도를 비행한 결과 우리는 스페인에 도착했다. 앞에 앉아있던 사람의 향수 냄새가 너무 세서 오빠와 나는 코를 움켜잡고 왔다. 공항에 도착해 밖을 나가자 좀 놀라웠다. 스페인은 생각보다 후덥지근하였다.(그때는 2월이었다.) 그리고 생각한 것보다 아름다운 곳이었다. 사람들을 하나같이 여유로워 보였으며 커피를 마시며, 책을 보고, 입맞춤하는 모습이 굉장히 인상 깊었다. 왜냐하면 나는 전에 갔었던 유럽 국가들에서 담배를 피우고 술을 마시는 그런 분위기가 나에게는 더 강렬하게 박혔기 때문이다.

아무튼 나는 그에 비해 한국은 굉장히 무언가 바쁘고 복잡한 느낌이었다. 가끔 지나가는 연인들, 행복해 보이는 사람들조차 모순돼 보일 때가 있다. 하지만 되려 그 덕에 우리나라가 이렇게 발전한 것이 아닌가 하는 기분이 새삼스레 들었다. 하지만 나라마다 각 특징과 매력이 있지 않은가.

이번 여행을 다녀오면서도 좀 쓸쓸하다 그런 느낌이 들 때가 있었는데 그 이유가 조용한 시골 동네를 많이 돌아보며 걷고 시간을 여유롭게 가지고 구경하다 보니 삶을 되돌아보는 시간이 된 것이다. 그리고 이것은 나뿐만이 아니었다. 같이 갔던 일행도 이번이 마지막이 될 수 있는 여행인 듯했다.(이유는 노코멘트하겠다.) 그래서 이번 여행은 모두에게, 나에게 굉장히 소중했고 모든 것이 더 아름답게 보이던 여행이었다.

한 번 더 간다면 왠지 다르게 보일 텐데 말이다. 이제야 알게 되었다. 여행은 가끔 모든 것을 다르게 볼 관점, 그에 비롯된 마음의 휴식을 위해 가는 것이다.

사회가 존재하는 이유

세상에는 왜 사회라는 것이 존재할까? 사회, 그것은 신과 같은 존재라고 생각한다. 이것은 인간이 생기기 전에도 존재했으며 현재에도 존재하며, 인간이 생겨나지 않았더라도 이는 생겨났을 것이다. 또한 미래에도 존재할 것이다. 또한 사회는 인간에게 가장 익숙한 것이자 익숙하지 않은 것이기도 하다.

예를 들자면 학교폭력, 대학, 일자리, 국가, 이 모든 것들이 '사회' 그 자체이다. 나는 개인적으로 이 사회가 좋다. 왜냐하면 이것 덕분에 내 행복과 슬픔이 만들어졌기 때문이다. 내 추억을 만들어주었고, 내 아픔도 만들어졌다. 사회는 한 인간, 그 이상의 판단을 한다.

그렇기 때문에 인간들에게 큰 의미로 다가온다. 나에게도 그러했다. 어릴 적 쓴맛의 기억을 나에게 좋은 기억으로 되새겨준 좋은 존재이다. 그렇게 어떤 식으로든 사람들에게 기억되고, 존재하는 사회는 앞으로도 계속 남아있지 않을까 싶다.

발칙 상상, 〈탈무드〉는 무드에서 탈피하자는 것?

탈무드는 어릴 적 만화로 접했던 만화이자 책이다. 왜 인지는 몰라도 내가 태어나기 훨씬 전부터 다른 사람들도 읽어 왔던 책이다. 탈무드는 사람이 살아가며 생기는 일에 대한 조언을 하기도 하고, 우리가 평소에 가질만한 뻔한 의문들을 의미 있게 담아낸다.

남에게 베풀면 결국 나에게도 이것이 되돌아온다는 말 솔직히 이 상식은 누구나 아는 뻔한 상식이다. 사람들은 이런 도덕성에 대한 기본 상식들은 알고 있다. 하지만 그럼에도 이를 지키지 않는 것이 현실, 아무리 더 좋은 것을 공부해봤자 기본이 없으면 무너지는 법, 사회도 그렇다.

마치 씨앗처럼 양분이 가득한 흙·물·햇빛 이외에도 기. 본. 적. 인. 것들이 필요하다. 서로를 배려하고 아끼며 살아가야 비로소 행복한 세계가 형성된다. 하지만 그것은 다지 우리 머릿속의 유토피아일 뿐, 우리는 탈무드를 읽으면서 그 유토피아를 현실로 만들어야 한다. 그것이 현실이다.

우리는 이를 위해 살아가는 것이기도 하고, 공부를 하는 이유도 이 때문일 것이다. 가끔 살아가다 생각날 삶의 이유가 아닌가 싶다.

강수진(수일여중 2)

첨 ; 수진이는 '아모르파티'다. 씩씩하게 자전거 페
달을 밟으며, "쌤, 안녕히 가세요." 파릇한 삶의 충
동이 뭉글거렸다. 몸을 맡겨 흐르듯이 미끄러져 가
는 자전거는 힘차게 달려 나갔다. 나란 사람, 행복
하다. '행복은 추구의 대상이 아니라 발견의 대상'
이라는데, 수진이가 끌어다 준 열정 때문이다.

생각을 마음껏 펼쳐보세요

리처드 니스벳의 〈생각의 지도〉는 '생각'의 차이를 지도로 표현했
다. 동서양인 들이 갖고 있는 생각은 '지도에 선을 그어 나누듯이 분
명한 차이가 있다는 것'이 저자의 주장이다.

동양은 전체를 본다. 어떤 일이 일어난 것은 단순히 한 가지 이유
때문만이 아니라고 생각한다. 세상은 상호 작용을 통해 움직이는 것
이라 본다. 동양인들에게 세상은 항상 변하는 것이다. 예측이 무의미
하다.

사람사이의 관계가 중요하다. 관계를 위해 감정이 중요하다. 상황

에 따라 변하는 인간관계를 위해 상대방의 감정 변화에 예민해 진다. 내 감정도 이럴 때가 있다. 친구의 마음을 살피는 것을 보면 동양인이다.

서양은 다르다. 전체보다는 부분을 우선시한다. 어떤 원인을 찾을 때 상황보다는 사람에게 초점을 맞춘다. 규칙을 찾아내 사물을 범주화 한다. 개인주의 경향이 강해지는 것이다.

책의 저자는 동서양의 차이를 인정하는 것이 갈등을 줄여 나가는 것이라고 확신한다. 서로를 보완해 주기위해서는 알아가는 과정이 있어야 하기 때문이란다. 현재의 위치를 알아야 어디로 갈 것인지 방향을 제시해 주는 것이 지도 아닌가?

지도는 현지점 뿐만 아니라 주변부까지 파악할 수 있는 인식의 확장성에 도움을 준다. 위치를 모르고 방향을 잡는 것은 위험한 일이니까.

감정 선이 예민해 지고, 미래가 낯선 10대에게 불안한 현재. 내 또래 친구들은 어떤 고민, 무슨 생각을 하고 살아가는지 궁금하다면 권장하고픈 책. 길을 잃으면 지도를 꺼내보자. 〈생각의 지도〉를 읽다 보면 넓은 숲속에서도 제대로 길을 잡을 것 같다는 느낌이다.

수진이에게 '인생의 지도'는 지금, 현재 서 있는 곳에서 출발하는 거야!

"어느 봄날"에 대한 고백

2014년 봄, 초등학교 2학년의 봄. 아직 철들지 않은 나이에 맞이한 봄은 사나웠다. 앞으로 살아갈 날이 죽음은 뭔지도 모를 나이였다. 그런 봄날, 파릇한 새싹들이 막 피는 4월의 봄날에 '세월호의 비극'이 있었다.

운동회 준비가 한창이었던 봄날이었다. 5월초에 열리는 운동회에서 학년별로 춤을 추는 부분이 있었다. 안무의 절반 정도를 익혔을 때였다. 결국 운동회는 열리지 못했다. 어린 마음에 학교의 결정이 아쉽고 속상했다.

"내가 어떻게 연습했는데, 얼마나 운동회를 기대했는데……."하는 생각이 우선이었고, 타인의 슬픔을 공감하거나 이해하지 못한 철부지였다.

그로부터 5년이 지난 지금의 나는 다르다. 그분들의 무너진 억장의 슬픔을, 감히 짐작할 수는 없지만, 적어도 조금은 알 것 같다. '국가가 국민을 구조하지 않은 사건이다.'라고 주장하는 유족들. 그들의 마음을 다수의 국민들이 공감하는 이유는, 우리들은 선량한 감정을 지녔기 때문이다.

그날의 봄, 잊지 말자. 그날을, 참사와 비극에서 잡아두는 것이 아니라 '기억'하자는 것이다.

푸시킨이 내 마음을 훔쳐갔다

　전쟁을 주제로 한 소설인데 연애소설처럼 읽었다. 잠을 이루지 못하고 단숨에 읽어버렸다. 〈대위의 딸〉은 러시아의 역사를 배경으로 한 푸시킨의 소설이다. '푸가초프의 난'을 바탕으로 쓰인 글은 작가의 감정을 온전하게 이입할 수 있어 좋았다.

　주인공 마리아의 힘으로 쟁취한 행복, 하루 종일 학원에서 보낸 시간들을 돌이켜 본다. 순간마다 무의미하게 버려졌을 시간들에게 미안해진다. 스스로 만들어 낸 시간을 통해 남편을 구해내는 마리아의 운명은 정해진 운명이 아니었다. 반란자의 입장, 진압군의 입장이 교차할 때마다 그녀는 결단하고 행동한다.

　처음부터 길은 없었다. 길은 만들어지는 것이다. 절체절명의 위기에서 침착함과 대범함을 보이는 모습은 순간 만들어지는 것이 아니다. 부모를 잃고, 부모를 죽게 만든, 원수(?)같은 푸가초프에 의해 죽음의 문턱에서 살아남은 표트르. 그로인해 위기에 빠졌지만 살아남을 수 있었던 것은 가혹한 운명에 맞섰기 때문이다.

　내 앞에 닥치는 모든 위기를 스스로 극복하고자 한 푸시킨의 인간적인 매력은 소설이외의 덤이다. 물론 그는 스스로 만든 운명을 거부하지 않고 죽는다. 짧은 생애였지만 영원히 살아서 나와도 호흡하는 알렉산드르 푸시킨이 말한다.

　'삶이 그대를 속일지라도 슬퍼하지 마라, 화내지 마라. 우울한 날을 참고 견디면, 기쁨의 날이 올 것임을 믿어라.'

〈동물농장〉에서 러시아 역사를 배운다

러시아 혁명은 교과서에 나온다. 마르크스와 레닌을 처음 만난 것은 오룡샘과의 책읽기 강좌에서이다. 모든 내용들이 낯설다. 감수성이 충만해서 BTS를 좋아하기 시작한 10대가 수용하기엔 벅찬 서사다.

한장 한장 넘기면서 여러 번 머뭇거렸다. 초등시절 때. 조금은 기억나는 역사 스토리텔링이 떠올라서였다. 6,70년대 경제개발을 위해 희생했던 사람들의 이야기, 특히 전태일이라는 이십대의 청년, 내 또래 즈음의 어린 여학생(?)들이 공장에서 일했던 시대. 그들이 살았던 시대는 어렴풋하다.

조지오웰은 러시아를 모델로 〈동물농장〉을 묘사했다는데, 자꾸만 우리나라의 과거 모습이 자꾸만 떠올랐다. 자유가 없는 삶을 한 번도 생각해본 적이 없기 때문일까. 동물들은 스스로를 위해 일어섰다. 자유 없이는 살 수 없다는 것을 깨달은 것이다. 동물들도 처음부터 이러려고 한 것은 아니다. 규칙을 지키고, 질서를 통해 아름다운 삶을 살고 싶었다.

동물들이 자신의 의견을 말하려 할 때마다 양들이 방해를 한다. 동물들이 무언가 잘못됐다고 느낄 때마다 스퀼러가 통계자료를 내보이며 동물들을 더욱 무지하게 만들었다.

요즘 우리나라에도 가짜 뉴스와 잘못된 정보를 진실인 것처럼 방송하는 유튜브도 많다고 들었다. 현재도 양들과 스퀼러는 존재한다는 것이다. 이들에게 속임을 당하고, 방해받지 않도록 하기위해서 독서는 유용한 것 같다.

내가 '햄릿'이라면…….

머리가 터질 것 같다. "사느냐, 죽느냐, 그것이 문제로다." 아버지에게 죄송하다. 화나면서도 무섭다.

복수는 나의 것이지만 누군가를 죽이는 것은 참아야 한다. 독백은 어디까지나 나 혼자 하는 생각이다. 그러니까 가장 심각한 고민의 흔적이다.

세익스피어는 이렇게 심오한 독백들을 많이 남겼다면 평소에도 굉장한 사색가였나 보다. 아니면 반미치광이처럼 중얼거리고 다녔을지도…….

하지만 고민은 문제해결의 끝판은 아니다. 고민을 오래하면 본인만 괴롭고 힘들어진다. 그럴 때마다 떠오르는 또 하나의 세익스피어 명언(?)

"주사위는 던져졌다."

친구야! '고마워'

체육대회가 열리기 며칠 전이었다. 전날 잠도 잘 잤는데 이상하게 눈이 피곤했다. 자꾸 아프고 감기는 거였다. 가끔 잠이 부족하면 눈이 피로해질 때가 있는데, 오늘 딱 그 느낌이다.

이럴 때 5분만이라도 눈을 붙이면 멀쩡해진다. 내 몸이니 내가 잘 안다. '쉬는 시간에 잠깐 자야지.'하고 생각 중이었다.

문제는 체육대회가 얼마 남지 않았기에 쉬는 시간마다 연습을 해야 했다. 친구들에게 눈치가 보였다. 억지로 연습을 하는 둥 마는 둥 했다. 그때 친구가 조용히 다가왔다. "수진아. 너 피곤해 보인다." "오늘은 푹 쉬고 내일 더 많이 연습해. 다른 친구들에겐 내가 잘 말할게."

평소에 별로 말을 많이 나눈 적이 없던 친구였기에 더 고맙게 느껴졌다.

아, 그때 못한 말. 친구야! '고마워'

임승혁(조원중 3)

첨 ; '기억에 남는 가장 좋은 방법은 감동받는 것이다.' 책을 사랑하는 소년이 있다. 소년은 자주 감동을 뭉텅이로 준다. 때론 진지하고, 또 때론 경쾌한 표정을 가득 담아 건네준다. 그게 바로 승혁이가 갖고 있는 '끌림'이다. 서두르지 않고 외치며 가자. 브라보 유어 라이프!!

〈삼포 가는 길〉위에서 만난 사람들

1970년 대한민국의 경제의 번영을 이뤘다. 한강의 기적이 벼락같이 온 것처럼, 대단한 것이라고들 말한다. 하지만 영광은 폭죽처럼 터졌고, 터진 폭죽은 시커먼 재가 되어 머리와 어깨위로 내렸다. 고속성장으로 엄청난은 변화가 일어났지만 팍팍한 서민들의 삶은 여전히 고되기만 했다.

그 이유는 무엇일까? 황석영 작가의 〈삼포 가는 길〉에 나와 있다. 세 인물이 등장한다. 주인공인 정씨, 강수, 영달, 백화이다. 영달은 착안기 기술자다. 공사판을 찾아 돌아다니는 노동자다. 정씨는 출옥을 하고 고향을 찾아 떠난 사람이다. 백화는 작부인데, 술집을 뛰쳐나오고 감천 역으로 가다가 정씨 일행을 만나게 된다. 강수는 매일 일을 찾아 떠나는 노동자다.

이들은 자신의 고향을 찾아 떠났지만 고향의 모습은 공사장이 되어버렸다. 변해버린 고향, 내키지 않은 발걸음을 옮기는 정씨와 그들. 어느 순간 그들은 같은곳에 서 있었다. 그곳은 가난하고, 춥고, 배고픈 1970년대 한복판. 포크레인 소리는 멈추지 않고 있다.

오늘 밤에도 별이 바람에 스친다

밤하늘은 아름답다. 떠있는 별들이 날 비춰준다. 그들은 우주에서 가장 아름다운 존재이다. 서로 모여 많은 별자리들을 만들어 낸다. 봄에는 처녀자리가 보인다. 여름에는 백조자리가, 가을에는 양자리가 보인다. 계절마다 별자리들의 모습은 환상적이다. 가족들과 여름에 캠핑을 갔는데, 늦은밤, 해먹에 누워서 본 백조자리의 모습은 아름다웠다. 유성에 대한 영상을 유튜브에서 봤는데, 정말 신기했다.

1969년 7월 20일, 닐 암스트롱이 달에 착륙하는 모습을 보니 경이로웠다. 최초의 달 착륙 흔적인 월면의 발자국을 보니 게임할 때보다 더 흥분됐다. 그리고 나서 읽게 된 책이 칼 세이건의 〈창백한 푸른 점〉이다. 우주에 있는 모든 별들은 방랑자처럼 보인다.

"그러나 말해다오, 이 방랑자들이 누구인지…"라고 외치던 시인 라이너 마리아 릴케의 감동처럼, 책에 나온 모든 별들은 눈부셨다. 별들은 아름다운 존재였다. 서로 상호작용을 하여 별자를 만들고, 유성이 되어 우리들에게 인사도 한다.

내 마음속은 그들처럼 광활하다. "오늘 밤에도 별이 바람에 스친다."라고 말한 별의 시인 윤동주를 흉내 내고 있다.

생각하라, 또 생각하라

사람이 무섭다. 귀신보다 무섭다. 이 사실은 사이비 종교나 드라마에서 보았지만, 전상국 작가의 〈우상의 눈물〉에서 잘 드러난 것 같다. 유대가 기표 패거리에게 당한 걸 모른척한다. 학급 성적을 올리기 위해 반장인 형우는 기표의 시험 성적을 조작(?)하려고 커닝작전을 펼친다. 체육선생인 담임은 집단성을 강조하고 규칙을 강화한다.

담임은 학교 내 최고 문제아의 유급을 막고, 규칙으로 순종시킨 걸 자랑스럽게 생각하는 인물이다. 학급에서 일어난 일들을 은폐하고 명예를 쟁취하려는 담임의 모습은 절대악이다. 담임은 기표의 실체를 하나하나씩 공개하면서 그가 문제아라는 인식을 반 아이들에게 심어준다. 소름이다. 학생을 가르치는 교사가 아닌 막가파 정치인의 모습이다.

담임은 그렇다 치자. 반장인 형우는 대체...철학자 한나 아렌트가 말한 '생각하지 않고 한 것이 최대의 잘못이다.'라고 질타한 독일의 아이히만이 떠올랐다.

기표가 여동생에게 남긴 편지는 인상적이었다. "무섭다. 나는 무서워서 살 수가 없다." 1970년대의 유신체제와 긴급조치 시대라고 배웠다. 모든 고등학교에서 교련교육을 시키고 철저한 반공사상을 주입을 〈우상의 눈물〉은 에둘러 표현한 것일까. 그럼 담임이 상징하는 사람은 누구? 또 형우는?

'읽다'는 타동사

책을 읽는다. 움직임을 읽는다. 미래를 읽는다. 읽는다는 것은 무엇일까? 읽는다는 건 무엇을 의미할까? 사전에서는 '글을 보고 거기에 담긴 뜻을 헤아려 안다.'라고 한다. 읽는 것은 우리에게 어떤 영향을 미칠까? 책을 읽는 것은 나를 발전시키는 대표적인 활동이다. 배경지식이 많아지고 품격이 높아진다.

학교 성적에 관심이 없었던 친구가 있었다. 여름방학 후에 친구는 다른 사람 같았다. 배경지식이 많아졌고, 잡다한 지식이 풍부해졌다.

이유를 물어보니, 책을 많이 읽어서라고 한다. 책을 읽어라. 읽다 보면 한층 발전한 자신을 느끼게 될 것이다.

장마가 싫은 이유

비가 내린다. 습하다. 물속에 있는 것만 같은 느낌이 든다. 아니, 물 안에 있는 게 났다. 밖에 나가면 습기가 얼굴을 가득 메운다. 답답하다. 무언가가 얼굴을 누르는 것 같다.

피곤해서 침대에 누웠다. 누우니 더 답답하다. 불쾌지수가 하늘을 찌른다. 잠이 들었는데 귀에 이상한 소리가 들린다. 모기에 물렸다. 긁었더니 간지럽다. 잠도 편하게 잘 수 없다.

추적추적 내리는 장맛비를 보면서 여름을 보낼 듯싶다. 잠자리에 편히 들고 싶다. 시원한 잠자리는 오늘 밤도 힘들 것 같다.

주재연(수일중 3)

첨 ; 완성을 향해 나아간다, 정돈된 지향성은 고귀하다. '그린 파파야 향기'처럼 멋진 소년은, 글을 쓴다. 그 모습은 마땅히 감미(甘美)롭다. 세계의 불가해한 운명을 향한 날 세움은, 연필심으로 써 내려간 글 속에서 융합되어 부드럽게 세련스럽다. 좋다. 머물 수 없는 함박웃음, 신선하다..

공부를 왜 하는가?

공부는 지식의 체계이다. 이를 구축하기 위해 우리는 생각을 하는 것이다. 우리는 언제나 지식이 들어온다는 것을 생각하며 공부를 해야 한다. 우리는 세상을 이해하기 위해 물질적인 방법을 쓰지만, 그것은 사고의 기제에서 찾아져야만 한다. 우주는 온 공간에 있어서 무리를 원자 하나 삼키듯이 먹는다. 공부로 얻은 지식의 체계는 뇌를 둘러싸 원자 먹듯이 삼킨다. 우리는 세상을 이해할 수 있어야 한다. 아니, 적어도 시도는 해 보아야 한다.

우리는 생각함으로써 세상을 이해한다. 우리는 공부함으로써 세상을 이해한다.

상처를 치유하기 위한 가장 좋은 방법

상처란, 부정적인 생각을 말한다. 반면, 치유는 긍정적인 마음이나 생각을 최대한 이끌어내는 것을 말한다. 심리 치유사, 상담사 등등의 사람들이 해야 하는 가장 중요한 의무 중 하나이다. 상담사는 근본적으로 사람의 마음속에 묻혀 있는 긍정적 요소들을 이끌어낼 수 있어야 한다는 것이다.

하지만 무턱대고 상담을 유도하는 행동은 절대 있어서는 안 된다. 예를 들어, 세월호 참사와 관련된 팽목항에서 사람들에게 심리 상담을 요구하는 상담사들이 많다. 하지만 어떤 부모가 자식이 실종되었는데 자기만 살자고 상담을 받겠는가? 상담사는 여건과 환경을 고려하여 상담을 진행해야 한다.

이것이 가장 좋은 방법이자 의무이다.

원전 건설, 목숨을 건 도박일 수 있다

원전은 우리나라에 24개가 존재한다. 원전 비중은 세계 6위, 원전 밀집도 1위 국가이다. 우리나라 전기 생산의 1/4를 담당하는 원자력 발전소는 핵융합으로 전기를 만들어낸다. 그렇기 때문에 다른 발전에 비해 예산이 적고 효율적이다.

하지만 원자력 발전소에는 치명적인 단점이 존재한다. 바로 '멜트다운'이다. 이것은 발전소에 돌아가는 냉각수 시스템이 고장 나면 핵융합 폭발이 일어나는 것이다. 후쿠시마는 200조 원에 가까운 엄청난 피해를 입게 되었으며 10만 명의 주민이 대피 중이며 약 3500명이 사망했다.

원전이 마냥 믿고 쓸 만큼 안전한 존재는 아니다. 효율적이라는 이유만으로 원전을 사용해서는 안 된다. 원자력 발전은 국가의 안전을 걸고 하는 무시무시한 도박이다.

모두가 승자이며, 모두가 패자였다

푸시킨의 마지막 작품인 〈대위의 딸〉은 러시아가 자랑하는 푸시킨에게 가장 의미 있는 책이다. 역사 소설, 그 이상의 존재인 사람들의 삶을 다룬 소설이다. 이 책에서 푸가초프가 소동의 중심자로 나오지만 표트르에게 외투를 벗어 준다. 인간관계의 우정은 애틋하지만 역사의 격랑은 급물살을 타고 요동쳤다. 근대 러시아의 역사가 이를 증명한다.

푸가초프의 난에 동참한 농민들은 절대 승리하지 못한다는 것을 알고 있으면서도 기꺼이 난에 동참한다. 승리자는 나오지 않는다. 봉기를 진압하는 정부도 승리할 수는 없었다. 모두가 패배자일 뿐이다.

〈대위의 딸〉은 강렬하고 충격적인 이미지를 선사한다. 푸시킨이 위대한 작가인 줄은 알았지만 새삼 그의 놀라은 통찰력에 감탄하며 읽었다. 역시 좋은 책은 그 의미가 분명히 있다.

종교, 나는 관대하다

　종교는 수를 셀 수 없을 만큼 많다. 다양성을 존중하는 사회가 되었지만 조선시대만 해도 종교에 대한 박해는 엄청났다. 붕괴하는 무속 신앙들은 희생자를 만들어내고 말았다. 김동리의 〈무녀도〉에서는 무교, 무속 신앙의 퇴조 과정에서 없어지는 것들의 아름다움을 형상화하였다.

　샤머니즘 세계에서 접신의 삶을 살다가 기독교인이 되어 돌아온 아들을 보고 찔러 죽이는 주인공 모화는 결국 물에 몸을 던져 자살한다.

　신은 죽었다고 말한 니체는 신이 존재하지 않는다고 말하고 싶었던 것이 아니다. 사람의 마음속에 들어있는 믿음을 일깨우려고 한 말일 것이다.

인생이란 과연 무엇인가?

인생이란 아름다운 것이라고 생각한다. 뒤돌아보면 너무나 허무하지만 그럴 만하다. 우리는 존재한다는 것 그 자체로 행복해야 한다. 한 생명을 가지고 살아간다는 것을……

왜 죄책감에 억눌리면서까지 자신의 몸에 학업이라는 사슬을 감는 것인가? 학업은 결코 형벌이 아니다. 우리의 생명을 더 가치 있게 만든다. 학업에 묶이면 우리는 모두 같게 된다. 각자 삶을 뒤돌아보았을 때 허무한 것이 어쩌면 당연한 것일지도 모른다.

내 인생은 아름답지 않다. 오히려 허무하다. 우리는 과거에 대해서만 생각해서는 안 된다. 미래를 위해, 미래를 향해, 미래에 의해 살아가야 한다. 우리 스스로의 인생을 아름답다고 믿는 것이 그에 대한 해답이다.

제목없는 시

제목은 모든 것을 억압한다
책의 내용을 억압하기도 하고
시의 감정을 억누르기도 하며
한 사람의 인생에 족쇄를 채우기도 한다

'어떤 의사의 삶'
'어떤 교사의 삶'
'어떤 회사원의 삶'

100년도 되지않은 짧은 시를 읽으며
비로소 결심했다

'제목없는 삶'을 살기로
'재목없는 사람'이 되기로
'제목없는 시'를 쓰기로

미움 받더라도 행복할 용기

사랑은 용기이다. 용기가 부족한 사랑은 이루어질 수 없는 것 같다. 문학에서 답답함을 자아내는 사랑도 모두 용기가 없기 때문이다. 용기가 없다면 모멸감을 느끼고 스토커가 될 수도 있다.

대담하게, 용기 있게 치고 나가는 것이 미움받더라도 행복할 용기이다. 잊고 싶은 과거를 용기 있게 벗어나는 것도, 과거에 묻혀버린 꿈을 파내는 것도 용기가 있어야 가능한 것이다.

사랑이라는 미지의 상자를 열 수 있는 것은 용기이다. 숨겨진 열쇠를 찾는 것, 그게 바로 희망이다.

이휘원(광교고 2)

첨 ; 길이 끝나는 곳에서, 길은 다시 시작된다. 진화
의 세계가 비글호에서 시작된 것처럼, 소년도 길을
걷고 있다. 휘원이가 걷는 길은 새로운 길의 시작이
다. 길을 관찰하기 위해 무수히 많은 책들을 펼쳐
놓고 들여다본다. 나는 묵묵하게, 롱샷으로 소년을
관찰 중이다. 성능 좋은 망원경을 들고서……

불일치 한 의식혁명, 〈콜라 독립을 넘어서〉

과거에 머물러 살아서는 안 된다. 과거를 넘어서 새로운 것을 끊임
없이 창출해 나가야 한다. 과거를 잊어야 한다. 하지만 과거를 잊는
다는 것은 망각의 의미가 아니다. 과거를 완전히 내 것으로 만든 과
정이 전제되어야 한다. 그래야 새로운 것이 나온다. 우리 내면에는 엄
청난 힘이 있기 때문이다.

과거에 대한 철저한 공부를 하지 않고, 과거를 바탕으로 현재를 이
야기하는 것은 잡탕일 뿐이다. 특히 이런 현상이 예술 분야에서는
두드러진다. 평소에는 서양 옷을 입고, 서양 음식을 먹으며, 서양식

으로 살다가 공연할 때마다 한복으로 갈아입고 과거를 흉내 낸다.

물론 의·식·주의 문제가 중요한 것은 아니다. 본질은 잡탕처럼 섞여있는 생각이 문제다. 겉과 속이 불일치(不一致)한데 새로운 생각이 만들어지지 못한다. 결국 옛날 것을 반복적으로 우려먹는다.

한복을 입고, 된장을 먹는다고 한국 사람이 되는 것은 아니다. 우리는 우리 문화와 단절된 역사를 가지고 있다. 식민 지배 35년 단절의 경험은 또 다른 주입을 강요받은 것에 대한 이질감을 배제되도록 만들었을 것이다.

무의식에 의한 종속은 삶의 전반을 파고들었다. 너무 쉽게 들어온 서양문화에 대한 의도적인 배척을 할 수도, 하자는 것도 아니다. 다만 단절된 역사와, 잊어버린 문화에 대한 의식마저 팽개쳐 버리지는 말자는 것이다.

사랑으로 운명에 맞서다

이 세상은 인간을 죽이려 한다. 착한 사랑과 온순한 사랑과 용감한 사랑일수록 더욱더 죽이려 든다. 인간은 바로 그러한 덫 안에 빠져 있기 때문에 매 순간을 투쟁하면서 그 자신의 인생 법학을 만들어 내지 않으면 안 된다. 다시 말하자면 개인이 투쟁하지 않는 이상, 삶은 우리에게 어떤 해결안도 제시해주지 않는다. 결국은 개인을 죽게 만든다.

헤밍웨이의 소설 〈무기여 잘 있거라〉의 주인공인 프레데릭 헨리가 소설에서 마주하고 있는 현실이다. 개인이 생존의 울타리에 갇히게 되면 오로지 자기 자신에게만 봉사하는 이기적 존재가 될 수 있다. 인생에서 어떠한, 유의미한 대상을 발견하는 순간 그 덫으로부터 탈출하려고 한다. 그것은 자신의 생물적 테두리를 벗어나려는 행동으로 구체화된다.

프레데릭 헨리가 전선에서 부상을 당하고 입원한 병원에서 캐서린을 만나는 순간부터 탈출은 시작된 것이다. 그 결정은 완결은 캐서린의 임신이다. 전쟁의 참혹함을 잊게 하는 스위스에서의 목가적 생활은 전쟁의 방관자로서의 헨리 본연의 모습이다. 제왕절개 수술과 아이의 죽음, 과다출혈로 인한 캐서린의 죽음은 또 다른 의미의 전쟁이다.

애틋한 만남과 이별을 반복하는 두 남녀의 영원한 이별은 절망의

극한을 향한 전쟁의 비극이다. 죽음의 현장에서 살려고 발버둥 치는 남녀를 통해 추상적인 사랑이 아닌 실존하는 사랑의 애절함을 통렬하게 느꼈다.

'언젠가 캠프에 나갔을 때 이런 것을 보았다. 내가 화톳불에 장작을 올려놓자 개미들이 그 장작에 잔뜩 달라붙었다. 장작이 타기 시작하자, 개미는 떼를 지어 먼저 불타는 중심부로 몰려갔다가 되돌아서서 장작 끝으로 달아났다. 끝에 몰린 개미들은 불속으로 떨어졌다' 라는 문장에서 전율이 돈다.

전쟁의 불덩이 속으로 달려가서 죽어가는 생명들의 비유하고 있다는 생각 때문이다. 전쟁의 소모품으로 전락한 청춘들에게 헨리 중위가 주는 메시지는 분명한 것이다. 아니 헤밍웨이가 확고하게 말하고 있다. 〈무기여 잘 있거라〉는 로맨스가 아니라 반전(反戰) 소설이라고.

알랭 드 보통을 사랑하지 않을 수 없다, '왜 나는 너를 사랑하는가'

책을 읽다가 '맞아'라고 외쳤다. 연애와는 거리가 먼 열일곱의 고등학생의 독백이다. 너무 뻔한 것이어서 그런가 보다. 그런데도 진부하지 않다. 케케묵은, 연애는 인류와 함께해 온 감정의 유산일 것이다. 이토록 오래된 주제를 이렇게 비상하게 해석을 하다니, 보통은 보통이 아니라 천재다.

연애는 경청에서 출발한다. 1인칭 화자와 클로이가 엮어가는 이야기는 도전적이다. 사랑에 빠지면 세상의 중심에 있는 느낌, 두 사람만이 보인다는 것은 진부한데도 색다르다.

다수의 경험은 보편적이지만, 나만의 경험은 언제나 독특하다. 신기하다. '사랑하는 상대는 내가 바라보는 관점에 따라 달리 보인다.'라는 주장은 꼭 연애에서만 나타나는 것은 아니다. "침묵은 저주스러웠다."라는 주장에 팍, 공감을 표한다.

내가 느끼는 일상에서의 모습이다. 부자유스러운 곳에서 선택은 침묵하는 게 편하다. 남녀의 연애에서 침묵을 선택했다면 식어버린 단팥빵, 말라버린 식빵 느낌이다. 아직은 경험 너머의 세계를 인식하는 것은 극히 제한적이다. 그러니 함부로 평가하기엔 이르다. 알랭 드 보통이 스물다섯 살에서 쓴 책이라니, 그럼 그는 얼마나 많은 연애 경험이 있다는 것인가.

아니라면 그는 연애의 고수를 넘어선 신이다. 〈왜 나는 너를 사랑하는가〉를 읽는 순간 침묵을 침묵이라 쓰지 않으련다. 침묵이 아니라 경청을 위한 준비과정이다. 상대의 감정을 이해하기 위해 가장 중요한 것은 달변이 아니라 눌변(?) 이어야겠다. 보통의 생각을 나눌 수 있기 위해서 너무 앞서가지 않도록 해 준 것만으로도 만족스러운 글이다.

분석하지 말자. 그냥 있는 그대로 받아들이자. '사랑은 연필로 쓰라'는 오래된 유행 가요처럼 내 맘대로 지울 수 있도록……

십대들을 위한 과학 콘서트

과학은 발전한다. 더 많은 수와 양을 빠르게 계산할 필요도 분명해졌다. 이로 인해 컴퓨터의 출현과 성장은 당연지사다. 컴퓨터란 원래 사람을 일컫는 말이었지만, 지금은 디지털 컴퓨터를 일컫는다. PC가 등장하기 전까지 대량의 계산을 위해 기계식 계산기를 쓰는 사람을 컴퓨터라고 불렀던 것이다. 전자식 컴퓨터가 풀기 어려운 수학 문제를 신속하게 해결하면서 인간을 대신한 지적 활동을 한 것이다.

1950년대부터 인공적인 지능을 만들고자 하는 염원은 가열찼다. 컴퓨터의 등장과 함께 인공지능, AI라는 용어도 탄생하게 된다. 컴퓨터가 만들어 낸 인공지능은 사람들이 하던 일을 대부분 담당하기 시작한다. 이때부터 현대인들에게 하나의 고민이 시작된 것이다. 일자리가 줄어들 것이라는…….

2016년에 세기의 바둑대결이 있었다. 최고의 프로기사인 이세돌과 AI의 대국은 모든 이의 생각을 뒤엎어버렸다. 현대인들에게 고민거리가 하나 더 추가된다. 인공지능으로 인해 "기존의 일자리마저 빼앗길 수 있게구나."라는 생각을 심각하게 고민하기 시작했다. 이제는 인공지능에 의해 대체될 가능성이 높은 직업과 낮은 직업을 구분하기 시작했다.

인류의 역사를 보면 자동화 기술이 등장할 때 일시적으로 일자리가 줄어들기는 하지만 또 다른 직업군이 창출되기도 했다. 그렇기에 크게 걱정할 필요가 없다고 주장하는 사람들이 있지만, 이번에는 신중하게 생각해 볼 필요가 있다.

기존의 자동화는 육체적인 노동을 대체한 것이다. 이에 반해 인공지능은 두뇌의 활용이라는 것이다. 그렇지만 여전히 인간의 상상력과 창의적인 영역이 활용되는 예술 분야는 인간만이 할 수 있다고 주장하기도 했다. 일종의 '카산드라 증후군'처럼 불안한 심리의 반영일 수도 있다.

인공지능의 발전이 사람들의 일자리를 대신할 것은 자명하다. 소멸과 생성은 자연의 순리이기도 하다. 다만 그것이 인공지능과 연관된 분야와 같은 전문 직업군이라면 문제가 다를 수 있다. 그렇다 한들 미래사회에 대한 지나친 불안감을 가질 필요는 없다.

아직 오지 않은 미래를 왈가불가 한들, 그렇다 한들, 대체 우리가 무엇을 할 수 있단 말인가?

황지우(계원예술고 3)

첨 ; 지우는 오래전부터 예뻤다. 마음의 선이 고운 아이였다. 시나브로 와버렸지만 난, 지우의 11살 때 모습이 말똥말똥하다. 지금도 한결같다. '언저리를 사랑할 줄 알고, 다른 사람의 눈물을 닦아주는' 나는 오늘 밤에 읊조린다. 윤동주와 백석과, 나타샤와 지우를.. 그리움으로 가득한 계절이다.

느림의 미학

곱셈을 이제 막 배우기 시작한 초등학생부터 치열한 경쟁을 반복하는 고등학생, 흔들리는 만원 버스에서 하루를 시작하는 직장인까지. 2019년의 대한민국을 살아가는 대부분의 사람들, 어쩌면 모든 사람들은 정신없는 삶 속에서 빠름을 추구하고 더 나은 스피드를 원한다.

'인간의 욕심은 끝이 없다.'라는 말이 있듯이 패스트푸드점에서조차 흘러가는 시간을 재촉하고 기술력은 이미 4G를 넘어 5G를 실현시켰다. 심지어 빠름에 지친 사람들과 슬로의 대중화를 위하여 꾸려진 '슬로 시티'에서조차도 빠름을 재촉하고 느림을 답답해하는 사람들을 쉽게 마주하게 된다. 혼잡한 이 상황에 무뎌진 것일까? 우리는 의도적으로 지금의 상황에서 한 발짝 물러서기 전까지는 심각성을 깨닫지 못한다.

어쩌면 빠름을 추구하는 입장의 사람은 '같은 시간을 더 효율적으로 활용할 수 있다'라고 주장할 수도 있다. 그리고 나는 그 주장이 현대인들이 지닌 가장 안타까운 주장이라 생각한다.

고등학교에서 학생회로 활동하며 다양한 선생님들과 가깝게 생활하는 나의 시점에서 그나마 자주, 자세하게 알 수 있는 현대인들의 밀집 지역은 바로 교무실이다. '전형적인 회사 사무실의 모습과 같다'라고도 표현되는 교무실 만 하더라도 '느림' 이란 찾아보기 힘들다. 계획안에 맞추어 수업 진도를 나가는 것과 동시에 업무에 대한 재촉, 쌓여가는 결제 사항, 예산 확보 그리고 가장 중요한 학생들 개인 상담까지, 평화로운 분위기 속에서 각각의 선생님들께서는 소리 없는 전쟁을 치르고 계신 것이다.

내 주변의 고등학생들도 예외는 아니다. 촉박한 과제 일정과 쉼 없이 달려가는 수업 진도, 끝없이 수두룩한 고민들과 스펙 쌓기 등 반복되는 혼잡함에 자기 자신을 깎아가며 생활해 나가고 있다. 가장 예쁜 나이라고도 불리는 18살 학생들은 현실에 지쳐 터져 흐르는 몸과 마음의 눈물이 마를 날이 없다. 이처럼 빠름을 향해 무작정 달리기만 한다면, 현재의 빠른 속도만큼 자신이 더 많은 것을 감당해야 하며 효율성을 중요시 여기다 결국 본질적인 것을 놓치게 된다.

조금 더 설명을 하자면 학생들이 학교에 다니는 이유는 깊고 다양한 지식을 쌓기 위함이지 경쟁에 익숙해지고 좋은 대학교에 입학하기 위함이 아니라는 것이다. 교무실에 계신 선생님들도 교사라는 직업을 택한 이유가 아이들에게 더 나은 가르침을 주고자 하는 것이지 업무 스트레스에 시달리기 위함이 아니라는 것이다.

이처럼 본질적인 존재들을 잊고, 잃게 된다면 예상과는 다르게 흘러가는 상황들에 혼란을 겪게 되고 궁극적인 목표에 달하는데 난항을 겪을 가능성이 높아진다. 결론적으론 소비한 스트레스에 비해 그리 높지 않은 성과들이 삶에 대한 만족도까지 떨어뜨리는 결과를 야기하게 된다.

그렇다면 현대인들의 이러한 문제점을 해결할 명쾌한 해결책은 무엇일까? 유감스럽게도 나의 능력으로 현 상황에 대한 해결책을 찾는 것은 불가능한듯하다. 또한 소수가 5천만 국민의 '빠름'을 '느림'으로 이끌기에는 우리 모두가 너무 먼 길을 떠나왔다는 것이 나의 판단이다. 하지만 일찍이 점점 빨라져만 가는 대한민국의 심각성을 깨닫고 '빠름'보다는 '느림'을 향해 조금이나마 노력해 온 나로서 감히 작은 조언을 공유하고자 한다.

그것은 바로 느림의 태도로 빠름의 자세를 취하라는 것이다. 쉽게 말해 현실과 타협하여 그동안 해 온 듯이 빠르고 정신없는 삶을 사는 것이 아니라 빠르게 일을 하거나 무언가에 쫓기듯 생활을 하면서도 마음가짐만큼은, 태도만큼은 '느림'을 향하도록 노력해 보라는 것이다. 어쩌면 이중성을 띠라는 조언이 달갑지만은 않을지도 모른다.

하지만 이리저리 치이며 쳇바퀴 같은 하루들을 보내는 중에도 자신 내면에서만이라도 '느림'을 추구한다면 아무리 혼잡한 생활 속에서도 침착할 수 있고 보다 높은 성과를 맞이하기에 조금이나마 보탬이 될 것이다.

이 글 맨 끝의 온점이 당신이 느려지게 되는 시발점이 되길 소망해 본다.

11시, 버스

맨 앞자리
셔츠와 넥타이를 풀어 헤치고
반쯤 누워 10분째 중얼거리는 저 아저씨
사연이 많은 하루였나 보다-

뒷문 앞자리
한껏 예쁘게 차려 입고
팔짱을 낀 채로 사랑의 말들을 속삭이는 저 남녀
짧고 아쉬운 하루였나 보다-

중간자리
무난한 옷을 입고
핸드폰을 쥔 채로 지도를 보다 전화를 받다를 반복하는 저 대리기사
손님이 외딴곳에서 오래 기다렸나 보다-

내 반대편자리
우리 옆 학교 교복을 입고
친구들의 연락을 전부 무시하고 아까부터 창문 밖만 바라보는 저 여중학생
오늘은 혼자 있고 싶나 보다-

맨 뒤 창가 자리
교복에 구멍난 카디건을 걸치고
말없이 저들을 바라보기만 하는 나-
소소한 저들의 하루가 부러운가 보다-

어느 날의 일기

우리 집 곰이 군대에 갔다.

중2 즈음부터 나는 우리 오빠가 하루라도 빨리 군대에 가면 좋겠다고 생각했다.

나만의 온전한 자유를 느끼고 싶었기 때문이다.

하지만 막상 오빠를 보내고 나니 생각처럼 마냥 좋지만은 않다.

5주 뒤면 다시 볼 테지만 단순히 오빠를 보지 못해서 그런 것만은 아니다.

오빠가 다시 제대를 하면,

나의 대학 결과가 이미 나왔을 때

바로 그때 이후로는 그동안 내가 살아온 우리 가족의 분위기와 형태를 찾기 힘들 것 같다.

마냥 어리광을 부리기엔 우리가 너무 많이 커 버렸고,

애교를 부리기엔 오글거리고,

날을 세우고 싸우기엔 이제는 철이 들어야 할 때이기 때문이다.

나는 우리 가족이 너무 좋았다.

너무 특별했고 소중했다.

그런데 앞으로는 가족에 대한 이런 감정이 줄어들까 봐

서로가 모르는 사생활이 많아질까 봐

무섭고 두렵다.

내가 알기론 모두가 이렇게 큰다.

일정한 나이가 되면 아이들은 부모 곁을 떠나

자신만의 목표와 꿈을 향해 나아간다.

이 말인즉슨 오빠가 돌아오면 우리도 그렇게 될 수도 있다는 것이다.

내가 제일 무서운 게 이것이다.

아직은 가족과 함께하고 싶다.

든든한 지원군이 필요하다.

시간은 무색하게도 너무 빠르게 흐르고 있고,

내 지원군들의 효능을 하나둘씩 빼앗아 가고 있다.

그래서 속상하다.

엄마의 주름이 싫고,

아빠의 노안이 싫고,

오빠의 방탕한(?) 생활도 싫지만,

전부 내가 받아들여야 할 것들이다.

두서없이 기록된 글들을 보니 아직 나는 방황 중인가 보다.

그동안 깊게 생각해 보지도 않았던 오빠의 군 입대로 인해, 이런 생각을 한 것이다.

　곧 오빠로부터 전화가 오면 오빠 때문에 방황 중이라고 어리광 좀 부려야겠다.

　늘 그래왔던 것처럼…….

오 룡
(오 룡 인문학연구소 원장)

나는 왜 추론하는가?

칸트가 말했다. '사람은 생각하는 존재이긴 하지만 생각하는 바에 대해서도 자유로운 존재는 아니다.'

스피노자도 말한다. '사람은 모두 자기 생각을 고집한다.'

내 생각은 내가 만든 온전한 내 것이 아니다. 사회를 살아가면서 갖게 된 것이다.

의지와 노력으로 갖게 된 것도 있지만. 의지와 관계없이 내 안에 들어와 나가지 않고 머물러 있는 경우도 허다하다.

사람은 합리적 동물이 아닐 가능성이 크다. 사람은 합리화하는 동물일 가능성이 더 크겠다.

'고구려의 성벽은 견고해서 무서웠고, 담백해서 외로웠다. '

고구려를 보기 위해 요하를 건넜다. 천리장성 아래의 발해만은 고요했다. 바람은 비사성 벽을 타고 요동으로 넘어왔다. 645년 고·당 전쟁 시에 당태종 이세민이 말했다지 않은가. "건안성을 얻으면 안시성은 내 손아귀에 든 것이나 다름없다." 1400년을 견뎌온 건안성의 외벽은 굳건했고 성안은 여전히 아늑하고 평온했다.

눈이 부신 백암성이다. 산성이 이토록 아름다울 수 있단 말인가. 한 걸음도 떼지 못하고 주저 앉았다. 수양제의 백만 대군을 조롱한 요동성 앞의 해자(垓字)는 말이 없지만, 강이식 대장군과 만여 명 군사들의 함성이 들리는 듯하다.

"시조 추모왕이 북부여에서 남하해 비류곡에 도착했다. 추모왕은 거기서 홀본 서쪽 산 위에 올라 성을 쌓고 도읍을 정했다." 밀물처럼 달려오는 오녀산성의 능선 깊숙이 파고 들었다. 턱밑으로 찾아 온 가쁜 숨소리보다 더 빠르게 2천 년 전의 주몽이 살아서 달려오는 듯 한 산성은 완벽하게 남아있다. 시간에 풍화되지 않은, 바람에도 날려가지 않는 아득한 오녀산성에서 외쳐본다. "나는 하느님의 손자이며, 물의 신 하백의외손자다." 저 멀리 비류수와 혼강은 말이 없다. 물고기와 자라도 보이지 않는 환인호의 바람만이 포개져 메아리로 솟을 뿐이다.

장엄한 끌림이다. 웅장한 것은 추억이 아니라 현재이기에 마땅히 강렬했다. 찬란하지만 엄숙한 광개토대왕 비석은 세상에 홀로 초연히 빛나는 아우라를 뿜었다. 근처에 있는 태왕릉은 '뫼처럼 안정되고 산처럼 굳건했다.' 7층으로 이루어진 기단의 꼭대기에서 천하를 호령했던 고구려 태왕들을 흉내 내는 어쭙잖음은 도리가 아닌데도 어깨가 들썩거렸다. 정교한 돌들을 들여쌓은 장군총 앞에 '동방의 피라미드'는 겸손한 표현이다. 한 치의 흐트러짐 없는 무덤은 1천5백여 년을 기어코 살아남아서 답사객의 문안을 받고 있다.

자유의 유역을 넘어 부자유의 영역을 경계로 1800리를 흘러 황해로 나아가는 강물은 모순이며 비애다. "흘러가는 것은 저러하구나."의 공자와 '압록강은 흐른다.'의 이

2천년의 역사를 품고있는 고구려의 첫 도읍지 환인의 오녀

미륵은 생성의 위화도와 소멸의 철교를 만들었다. 길은 여기에서 멈추어진 채 나아가지 못하고 느려터진 발길을 붙잡았다. '임아 그 강을 건너지 마소'는 현재 진행형으로 이어진 분단의 끝점이다.

고구려의 길은 느리고도 질겼다. 고구려의 성은 점점이 박혀 빠지지 않고 살아 남은 굳센 성이었다. 그 길과 성들은 굽이굽이 돌고 돌아 요동과 만주를 그물처럼 엮었다. 고구려의 옛 땅은 광활한 만큼 장엄했고, 넉넉한 만큼 고즈넉했다.

무너진 700년의 시간은 멈추었으나 사라지지 않았다. 폐허로 남았으나 거룩했으며, 아무도 없었으나 누구인지 알 수 있었다.

여전히 장엄하고 빛나서 더 슬퍼 보이는 백암성

동해의 오징어가 그립다

1991년 6월, 대구의 와룡산 기슭, 낙동강 굽이치는 50사단에서 훈련병으로 살았다. 45일 동안을 견뎌냈다. 그해 여름, 와룡산으로 개구리를 잡으러 나간 소년들도 있었다. 밤마다 소년들의 흔적을 찾으러 나갔다. 소년들은 찾을 수 없었고, 소년들은 돌아오지 않았다.

1991년 7월부터 1993년 7월까지 산맥을 등지고 바다를 보며 살았다. 동해의 수평선 위로 아침마다 떠오르는 해를 보며 시간을 계산했다. 밤이면 내무반 앞에 있는 등대의 불빛을 보며 시간을 측정했다.

울진 죽변은 맑고 싱싱한 땅이다. 보관하지 않았지만 날 것으로 보존된, 봉평 신라비 때문이다.

군 생활 최대의 행운이었다. 본부중대 행정병의 신분으로 외부로 나가는 게 자유로웠다. 봉평비를 나만큼 많이 만져보고 쓰다듬었던 사람이 있을까 싶다. 비석의 글씨는 수줍은 만큼 천진스러웠다.

죽변항에는 살아있는 생명들이 사시사철 꿈틀거렸다. 수산물 시장에서 가끔 먹었던 물회는 어부의 수고로움을 잊게 했다. 부스러기라도 먹으려는 갈매기들이 날아들 때 육군인지 해군인지 구분할 수 없었다. 그만큼 자주 항구를 찾았다.

다시, 1991년부터 1993년까지 동해에는 오징어 떼들이 바글거렸다. 7번 국도마다 말라가는 오징어와 말려진 오징어들이 즐비했다. 살아서는 유연했고 죽어서 견고했던 게 있다면 양식되지 않은 동해의 오징어다.

목적이 분명한 글은 주관적인 글이다

역사적 경험은 모두 다르다. '진상'과 '왜곡'은 경험을 말살시킨다. "나의 경험은 역사지만, 너의 경험은 사건이다."이라고 주장하는 것은 객관화된 역사가 아니다. 그러므로 기자들도 알리라. "진상을 조사 중이다."라는 기사는 "밝힐 진상이 없다."는 것을.

콜링우드는 역사를 '가위와 풀의 역사'라고 정의했다. 과거에 관한 모든 것이 역사적 사실이 아닌 것처럼, 역사적 사실은 역사가의 선택과 해석의 과정을 통해 비로소 역사가 되는 주관적 산물이라는 것이다.

기사화된 모든 글도 각각의 위치에서 쓴 것이다. 쓰인 모든 글이 진리도·진실도· 사실도 아니다. 글은 소비재일 뿐이다. 간직해야 할 보물이 아니다. 사용자인 독자가 축적하는 것이 아니라 활용하는 도구로 이용된다. 생각하는 사람이 되기 위해서는 지식을 구조화하는 것이 필요하다. "생각하는 대로 살지 않으면, 장차 사는 대로 생각한다."라는 폴 발레리의 생각에 공감하는 것이 우선이다.

목적을 분명하게 밝힌 글이든, 정치적 목적이 없는 듯 쓴 글이든, 정치적 목적이 존재한다. 글을 쓴 이유는 효과를 위해 쓴 것이다. 데스크의 압력이든,쟁이 의식 이든 간에. 내용의 진위 여부에 대한 확인은 뒷전으로 갈 수 있다는 것이다. 글의 진위 여부는 사상에 따른 인식자의 뇌구조에 의해 변화하기 때문이다.

사람들은 희망 없이 살 수 없다. 때문에 희망을 만들기 위해 노력한다. 사람들은 자주 착각을 하며 살지만 자신에게는 쉽게 관용을 베푼다. 사람들은 이데올로기를 만들며 산다. 사상은 너무 간절해서 신앙적이다. 목표는 분명하고 간결하다. '돌진' 앞으로를 외치는 이데올로기에 관용은 없다. 희망은 관념론이고, 신앙은 유물론화 되고 있다.

'공부가 가장 쉬웠어요.'는 한물간 책이다. 이렇게 말하는 것은 극히 주관적이다. 조금 더 보태자면 필자의 경험이다. 스무 살 즈음에 농촌활동에 참가했다. 여름의 농촌은 평화로웠다. 할 일이 없어 보였다. '아뿔싸!' 햇빛도, 바람도 통하지 않는 곳에서 하루 종일 일했다. 2미터의 높이의 거대한 담배 아래 밭고랑에서 진득거리는 담뱃잎과 땀이 범벅된 육체는 깨달았다. "아, 공부하는 게 쉽겠구나."

그런데도 대학 4년간은 공부와 담을 쌓고 살았다. 학보사 수습기자 1년, 정기자 1년, 부장 1년, 국장 1년까지 끝내고 입대했다. 역사학과 학생인지, 신문학과 학생인지 구별되지 않았다. 시위 현장을 취재하고, 노동 현장을 다녀오고, 누군가를 인터뷰하고 나면 기사 작성을 위해 수시로 밤을 지새웠다.

원고를 쓰기 위해 몇 번이고 사람을 만나고, 현장을 답사했다. 직접 취재하지 않은 내용은 기사화하지 않았다. 익숙하지 않았다. 그래서 힘들었다. 익숙하지 않았던 것들을 하다 보니, 익숙한 것이 쉽다는 것을 머리가 먼저 알았다.

뜬금없이 말하자면, 기자들이여! "머리 좋은 것이 마음 좋은 것만 못하고, **마음 좋은 것**이 손 좋은 것만 못하고, 손 좋은 것이 발 좋은 것만 못하다."라고 했다지 않은가. 그러니 기자들이여 제발 발로 뛰어라. 머리로만 쓰지 말고…….

한마디 더하자면, 기자들이여! 이성복의 시,《뒹구는 돌은 언제 잠깨는가》에 나오는 〈그날〉의 마지막 구절을 읽어보라. "모두 병들었는데 아무도 아프지 않았다." 재탕, 삼탕 하는 기사를 '단독 보도'라고 쓰는 중증(重症)이 고착화되나 보다. 방부제의 효과는 딱 여기까지다.

글쟁이들이여 진실만을 써라.
사유하지 않는 '도그마'로 혹세무민하지 말라

오룡은, 30여 년 전 대한민국의 육군 이었다. 여유로운 8월의 일요일 오후, 오수(午睡) 중인 행정반으로 전화가 왔다. 작전과에서 ○○이병을 호출했다. 행정병이었던 나는 "지금 수면 중이다. 급한 용무가 아니면 일어난 후에 올려 보내도 되겠느냐."라고 말했다. 잠시 후 대대 작전과장이 들이닥쳤다. 그는 다짜고짜 폭력을 행사했다. 구타를 당하면서, "난, 맞을 만큼 잘못한 게 없다."라는 생각으로 버텨냈다. 스물다섯 살 청년의 머리에서 피가 터지고서야 그의 매질은 멈췄다.

일 년 후 연대본부 인사과에 전역 신고를 하러 갔다. 누군가 오병장을 불렀다. ○○○소령이었다. 진급심사를 앞둔 그는 내 손을 잡으며 부탁했다. "처자식이 있다."라는 말을 했던 것 같다. "작년 일은 너무 미안하다"라는 그에게 "괜찮다."라고 말하지 않았다. 진급을 위한 그의 눈빛은 간절했지만 몸은 구차해 보였다.

공포는 반응이지 현실이 아닐 수도 있다. '공포는 겁을 먹은 자에게만 효과가 있다'라고 하지만 공포는 그 자체만으로도 겁을 먹게 할 수도 있다. 공포를 통해 가장 강력한 권력을 유지해 온 사람들에게 공포는 '행위 동기' 였을 것이다. 공포를 조성해서 이익을 얻어온 사람들에게 공포는 통치의 '어젠다'로 활용됐다.

현충사에는 이순신의 칼이 걸려있다. '한 번 휘둘러 쓸어버리니, 피가 산하를 물들이는구나(一揮掃蕩 血染山河)'라는 검명은 장군의 진심이다. '펜은 칼 보다 강하다'고 말하는 글쟁이들의 자기기만이 난무하는 세상에서 장군의 칼은 단순하며 명확하다. 무섭고 삼엄한 칼날은 오직 왜적의 피를 원할 뿐이다. 이순신의 삶은 정치를 두려워하지 않았다. 정치를 두려워하지 않은 그였기에 정치가 그를 두려워한 것이다.

명량에서의 싸움은 승산이 없었다. 아직 "신에게는 열두 척의 배가 있다."라고 했지만 고작 열두 척만이 남았을 뿐이다. 그래도 장군은 물러서지 않았다. 오히려 공세로 전환했다. 살기 위해 시작한 싸움이 아니라 살아남기 위해 시작한 싸움이었다.

변화는 다른 세상을 만드는 것만을 말하지 않는다. 망가진 세상을 수선하는 것도 변화의 시작이다. 그러므로 현재의 한·일 문제에 대해 비상(非常)이라고 말하지 말자. 정상(正常)이지 않았던 역사를 정상으로 돌리려는 우리들의 의지에 '시너'를 부은 것뿐이다. 비상에 대처하는 사람들에게 '도를 넘었다'고 표현하는 사람들이 정상의 의미를 모르는 것이다. 비상이냐 정상이냐를 말하는 것보다 우선해야 할 것은, 무엇이 정상인가에 대한 확인부터 제대로 하라.

한·일 관계에 대해 국민들이 나서는 것은 비정치적인 행위이다. 국민 스스로가 선택한 삶의 방식이다. 발터 베냐민의 〈역사철학 테제〉를 인용하자면 '비상사태가 아니라 상례'일뿐이다. 일본의 의도가 '악'은 아닐지라도, 일본의 의도가 불순한 '의지'를 갖고 있다면, 우리도 물러설 수 없다는 결연한 '의지'를 보여줘야 하지 않는가.

"원수들이 강하다고 겁을 낼 건가, 우리들이 약하다고 낙심할 건가, 정의의 날센 칼이 비키는 곳에, 이길이 너와 나로다!!"라고 외치던 독립군이 지켜낸 땅. 우리들이 살고 있는, 대한민국은 더 이상 약하지 않다.

그러니 글쟁이들이여! 백번 양보해서 국론 통일은 가능하지도 않고, 바람직하지도 않지만 정상적인 페어플레이 정신으로 써 달라. 소설이 아닌 진실만을 써라. 아무런 생각 없이 글을 써대는, 사유하지 않은 '도그마'를 남발하는 언론은 찌라시일 뿐이다.

떡복이 보다 맛있는, 10대들의 글쓰기

초판1쇄 2020년 8월 1일

지은이 오 룡 김민수 안진우 이준민 황민서 이은서 위수민 이유찬
정유진 안예원 가나영 조우림 양지원 이재원 이영하 김태현
조해솔 강수진 임승혁 주재연 이휘원 황지우

펴낸이 김종경

표지·캘리 윤병은

편집디자인 Design 구름

인 쇄 광문당

펴낸곳 북앤스토리
경기도 용인시 처인구 지삼로 590 CMC빌딩 307호
전화 : 031-336-8585 팩스 : 031-336-3132

이메일 booknstory20@gmail.com

등 록 2010년 7월 13일 / 신고번호 2010-8호

ISBN 979-11-962799-6-7-43810

값 13,500원

※ 파본은 구입처나 본사에서 바꿔 드립니다.

※ 이 책의 무단 전재와 복제를 금합니다.

이 도서의 국립중앙도서관 출판예정도서목록(CIP)은 서지정보유통지원시스템 홈페이지
(http://seoji.nl.go.kr)와 국가자료종합목록 구축시스템(http://kolis-net.nl.go.kr)에서
이용하실 수 있습니다. (CIP제어번호 : CIP2020029992)